KB032293

이상을 읽다

이상을 읽다

전국국어교사모임 지음

머리말

이상 문학은 우리에게 무엇일까? 이상 문학의 의미를 묻는 이 질문이 난처한 까닭은 '이상'이란 산봉우리가 이어지는 산맥 없이 저홀로 솟았기 때문이다. 이상 문학은 봉건사회를 갓 벗어난 당시 조선 사회에 느닷없이 던져진 근대 문학이었다.

이상이 남긴 소설은 장편소설이 하나, 단편소설이 열 편 남짓 된다. 작품 수는 그리 많지 않으나 이상은 그 작품들을 통해 '모더니즘'이라는 세계를, '무의식'이라는 세계를 식민지 조선에 던져 주었다. 결핵이라는 질병에 걸린 자신의 몸을 사색과 탐색의 도구 삼아, 자신의 삶을 관찰의 재료로 삼아 자본주의와 근대에 대해 묻고 또 물었다.

이상의 문학은 하나의 관점이나 태도로 정의될 수 있었던 근대 이전의 사회를 부정하고, 여러 각도에서 서로 다르게 정의될 수 있는 현실의 다양성을 드러내고자 했다. 세상과 사물이 눈에 보이듯 그리 간단치 않다는 것, 인간의 내면이란 우리가 의식하는 것만큼 명확한 것이 아니라는 것, 더 나아가 '근대' 또는 '모더니티'란 손쉽게 설명될 수 있는 것이 아니란 것을 자신의 작품으로 보여주고자 했다.

이상의 문학이 독자를 현혹하는 현란한 실험과 기교만으로 이루어져 있었다면 지금까지 그 명성이 유지되진 못했을 것이다. 이상의 소설은 실험과 기교를 넘어서서 1930년대 당시 이상의 눈으로 본 '근대'라는 제도에 대한 성찰을 품고 있다. 그의 문학을 풍요롭게 하는 것은 우리의 새롭게 읽기이다. 새롭게 읽기를 통해 이상의 문학은 더욱 깊어질 것이다.

이 책은 이상의 소설을 먼저 접한 선배가 이상의 소설을 접할 후배에게 이상 소설을 좀 더 쉽게 만날 수 있도록 안내하는 책이다. 이 책을 읽으며 이상 소설의 매력을 느낄 수 있었으면 좋겠다. 그리하여 우리 청소년들이, 바삐 사는 현대인들이 이상의 소설 세계에 한 걸음 다가서면 좋겠다.

이성수

차례

01

이상의 삶과 작품 세계

이상의 삶•

이상의 생애는 《이상 연구》(김윤식, 문학사상사, 1987), 《이상 평전》(고은, 향연, 2003), 《이상 평전》(김민수, 그린비, 2012) 등을 참고했다.

박제가 되어버린 천재를 아시오?

스스로를 박제가 된 천재로 규정한 작가 이상. 27년의 짧은 생을 살다가 떠난 지 80여 년이 넘은 지금도 그의 문학은 현재진행형이다. "왜 미쳤다고들 그러는지, 대체 우리는 남보다 수십 년씩 떨어져도 마음 놓고 지낼 작정이냐."라며 자신을 미쳤다고 비난하는 사람들을 향해 오히려 시대에 뒤떨어진 당시 사회의 부족함을 서운해하던 그는 자신의 삶을 재료로 삼아 1930년대 조선에서 불꽃처럼 살다 갔다.

이상은 1910년 9월 23일(음력 8월 20일) 강릉 김씨 김연창•과 부인 박세창 사이의 장남으로 태어났다. 본적은 서울 통인동 154번지, 실제로 태어난 곳은 경성부 북부 순화방 반정동 4통 6호. 원래 이름은 '김해경'이다. 당시 집안의 어른은 큰아버지 김연필로, 그

• 호적에는 김영창으로 기록되어 있다.

는 총독부의 기사로 근무한 적이 있는 기술자였다. 그에 비해 이상의 친아버지 김연창은 대한제국 말기 궁내부 활판소에서 일하다 손가락이 절단된 뒤 일을 그만두고 집 근처에 이발관을 차려 당시 천직에 속하던 이발쟁이로 근근이 살아가는 처지였다.

이상은 세 살이 되던 해에 큰아버지 김연필의 양자로 들어간다. 김연필의 소생이 없었기 때문에 데려간 것으로 보이는데 호적상에 기록되지는 않았다. 김연필은 이상을 친자식처럼 키우고 학업을 돌보았으나 아들로 대하기보다는 영특한 머리로 가문을 일으킬 인재로만 생각하여 항상 엄격하게 대했다. 그 때문에 이상은 평생 큰아버지에 대한 부담감과 증오심으로 갈등했던 것으로 보인다.*

이상은 1918년 신명학교에 입학했다. 당시 동급생의 회고에 따르면 이상은 낯이 희고 체조를 싫어하는 소년이었다 한다. 여기서 이상은 우리나라 1세대 서양화가이자 평생의 친구로 지내게 될 구본웅을 동급생으로 만난다. 구본웅은 이후 이상의 정신적 지지자이자 경제적 후원자로 평생 이상의 옆을 지켰다. 원래 구본웅은 이상보다 네 살 많았으나, 몸이 약해 학교를 제대로 못 다닌 탓에 이상과 같은 학년이 되었던 것이다. 어릴 적 사고로 척추

* 이상은 〈슬픈 이야기〉라는 자전적 수필에서 부모와 큰아버지에 대한 애증을 기록해 놓고 있다.

를 다쳐 곱추가 된 구본웅을 대부분의 학생들은 멀리했으나 내성적이고 조용한 성품이던 이상은 구본웅을 진정한 친구로 사귀게 되었다.

화가의 꿈과 건축기사의 길, 그리고 '이상(李箱)'의 시작

이상은 이후 1921년 동광학교에 입학하는데, 이 학교는 이후 보성고보에 편입된다. 보성고보 4학년으로 편입된 이상은 그 학교에서 그림에 열중하게 된다. 당시 보성고보에는 화가 고희동이 미술 교사로 근무하고 있었는데, 이상과의 교류는 분명치 않다. 다만 이상의 회고에 따르면 당시 교내 전시회에 자신의 풍경화 한 점이 당선되었다는 이야기가 나오고, 그의 소설 〈종생기〉에도 이즈음 수채화를 열심히 그렸다는 이야기가 나온다. 동생 옥희를 모델로 삼아 그림을 그리며 화가를 꿈꾸었다는 글도 있다.

1926년, 17세 때 보성고보를 졸업하고 경성고등공업학교 건축과에 입학했다. 화가를 꿈꾸었던 이상이 건축과를 지망한 것은 공업전습소 출신으로 기술직에 종사한 큰아버지의 권유가 작용한 것으로 보인다. 또한 건축설계와 그림 공부가 서로 닮은 점도 영향을 끼쳤을 것이다. 이후 2년간 경성고등공업학교 건축과를 다닌 이상은 이 학교를 수석으로 졸업하고 조선총독부 내무국 건축과 기수로 근무를 시작하게 된다. 조선총독부에 기사로 근무하게 되는 것은 한 해에 두세 명 정도만 가능했던 일로, 당시 이상이 건축기사로서의 재능도 탁월했음을 보여준다. 수석졸업자를 총독부 관리로 특채하는 내규에 따른 것이었다고 한다.

경성고등공업학교를 졸업할 즈음 이상은 졸업기념 사진첩에 넣을 사진을 촬영하게 되는데, 이때 자신의 본명인 '김해경' 대신 필명인 '이상'을 처음 사용했다는 주장이 있다. 이상이 졸업한 경성고등공업학교 1929년도 졸업기념 사진첩의 비망록에는 "보고도 모르는 것을 폭로시켜라! 그것은 발명보다도 발견! 거기에도 노력은 필요하다. 李箱."이라는 문구가 있는데, 이를 근거로 이상이 자신의 필명을 이때부터 사용하기 시작했다는 것이다. '이상(李箱)'은 한자를 그대로 풀이하면 '자두나무 상자'라는 뜻으로 풀이되는데, 이는 친구였던 화가 구본웅에게 선물로 받은 화구상자(畵具箱子)에서 연유했다는 증언이 있다. 이때 받은 화구상자가 자두나무로 만들어진 상자였기 때문에 그 상자를 부르는 말인 '이상(李箱)'을 자신의 필명으로 삼았다는 것이다.*

* 이상(李箱)이란 필명의 유래에 대해서는 지금까지 여동생 김옥희의 증언이 정설이었다. "오빠가 김해경이고 보면 '긴상'이라야 하는 것을 건축 공사장의 인부들이 성을 착각하여 '이상'으로 부른 데서 이상이라 자칭했다." 시인 김기림도 1949년 발간한 《이상 선집》에서 이 유래를 지지하고 있다. 하지만 최근에는 구본웅과의 연관성에서 비롯된 필명이라는 것이 더 설득력을 얻고 있다.

총독부 근무를 시작한 이상은 총독부 관방회계과 영선계로 근무하며 주로 서대문구 전매청 건물 신축 현장에서 배선공사에 참여한다. 이상은 직장 일과 별개로 시 짓기, 소설 쓰기, 그림 그리기를 지속하는데, 그 결과 당시 총독부 건축과 기관지로 발행되던 《조선과건축》의 표지도안 현상모집에 1등과 3등으로 당선되기도 한다.

이상은 스무 살이 되던 1930년에 들어서서 첫 작품인 장편소설 《12월 12일》을 잡지 《조선》에 연재한다. 《조선》은 조선총독부가 일본의 식민지 정책을 일반에게 홍보하기 위해 펴내던 잡지였는데, 이 잡지 국문판에 2월호부터 12월호까지 9회에 걸쳐 데뷔작이자 유일한 장편소설 《12월 12일》을 '이상(李箱)'이란 이름으로 연재한 것이다. 이 작품은 이상 자신의 삶을 바탕으로 한 자전적 소설로 큰아버지에 대한 증오심과 심리적 갈등, 그리고 자살 충동과 결핵에 대한 죽음 의식 등이 깊이 깔려 있는 이상 문학 세계의 출발점에 해당하는 작품으로 알려져 있다.

그다음 해인 1931년에 이상은 《조선과건축》에 일본어로 된 시 〈이상한 가역반응〉, 〈오감도〉, 〈3차각 설계도〉 등을 '김해경'이란 이름으로 발표한다. 《조선과건축》은 건축가들이 주로 보던 일문 잡지로 당시 조선의 문단과는 아무런 관련성을 갖지 않았다. 하지만 자신의 작품이 잡지에 공식적으로 발표된 점은 이상에게 상당

한 자신감을 심어주었을 것이다. 또한 이와 별개로 조선미술전람회에 출품한 자화상인 유화 〈자상〉이 입선하기도 한다. 문학과 미술 양쪽에서 자기 나름의 성과를 얻기 시작한 것이다.

천재의 앞날에 드리운 폐결핵의 그림자

앞날이 창창할 것만 같던 이상에게 생각지도 못한 불운이 닥친다. 폐결핵이 발병한 것이다. 1931년 10월 즈음 건축 현장에서 공사 진행을 살피던 이상은 피를 토하며 쓰러져 병원으로 옮겨지는데, 정밀 검사를 받은 끝에 폐결핵 선고를 받게 된다. 이때의 충격으로 이상은 약 1년여간 작품 발표를 중단한다. 이로 인해 1929년부터 시작된 이상의 짧은 전성기가 끝나게 된다. 이상의 예술이 막 빛나기 시작한 무렵, 이상의 삶과 건강은 조금씩 허물어지기 시작했던 것이다.

엎친 데 덮친 격으로 1932년 5월에는 큰아버지 김연필이 뇌출혈로 사망한다. 비록 이상과는 사이가 그리 좋지 않았지만 집안의 어른으로 집안을 건사하던 큰아버지의 사망은 이상에게 큰 충격을 안긴다. 집안을 이끌어야 하는 책임을 이상이 맡게 된 것이다. 이후 이상은 큰아버지의 서울 통인동 154번지 집에 들어와 살면서 큰아버지의 유산을 정리한다. 집을 팔고 남은 돈을 큰어머니와 반씩 나눈 이상은 큰아버지와의 인연을 마무리 짓고 효자동에 초가를 한 채 얻어 친가족을 불러들여 집안을 책임지게 된다.*

* 현재 통인동 154-10번지에 있는 '이상의 집'은 실제 이상이 살던 집은 아니다. 이상이 살던 집은 헐려 없어졌고, 그 자리에 들어선 한옥을 되살려 '이상의 집'이라 이름 붙인 것이다. 문화유산국민신탁에서 현대적으로 복원하여 이상의 생애와 작품들을 알리고 있다. 원래 집을 복원한 탓에 규모는 크지 않으나 이상이 살아생전 지은 시들과 소설, 삽화의 스캔본을 열람할 수 있다.

금홍과의 만남

1933년에 들어서며 이상은 결핵으로 인한 각혈이 심해져 결국 총독부 일을 사임하게 된다. 건강을 되찾기 위해 황해도 배천온천으로 구본웅과 휴양을 가게 된 이상은 그곳에서 평생의 사랑이라 할 금홍을 만난다. 이상과 금홍의 만남은 이상이 1936년에 발표한 소설 〈봉별기〉에 자세히 소개되어 있다.

당시 금홍은 능라정이라는 요정의 기생이었는데, 요양 차 내려가 있던 이상이 능라정에 들러서 만나게 된 것이다. 금홍을 사랑하게 된 이상은 경성으로 돌아온 다음 금홍을 불러들여 종로1가에 다방 '제비'를 차리고 금홍을 마담으로 앉힌다. 다방 '제비'의 안주인이 된 금홍의 본명은 연심으로, 이상의 소설 〈날개〉에 나오는 아내의 이름과 같다. 이상과 금홍은 3년여간 동거를 하는데, 이 두 사람의 동거는 이상의 일생에서 가장 행복했던 시기였다.

> 금홍이는 겨우 스물한 살인데 서른한 살 먹은 사람보다도 나았다. 서른한 살 먹은 사람보다도 나은 금홍이가 내 눈에는 열일곱 살 먹은 소녀로만 보이고, 금홍이 눈에 마흔 살 먹은 사람으로 보인 나는 기실 스물세 살이요, 게다가 주책이 좀 없어서 똑 여남은 살 먹은 아이 같다. 우리 내외는 이렇게 세상에도 없이 현란하고 아기자기 하였다.
>
> 〈봉별기〉에서

이상의 삶에 궤적을 남긴 여인은 금홍 이외에도 나중에 정식 결혼까지 하게 된 변동림, 카페 '쓰루'를 경영할 때 만나게 된 권순옥 등이 있으나 이상의 마음에 가장 깊은 흔적을 남긴 여인은 금홍이었던 것으로 보인다. 이상은 자신과 금홍과의 인연을 소설 〈날개〉, 〈봉별기〉, 〈지주회시〉 등에 남겨놓고 있다.

'구인회' 속으로

이상은 '구인회'와 교류하며 소설가 박태원과 친해지게 된다. 이상이 운영하던 '제비'라는 다방은 문인들의 모임 장소로 애용되었는데, 구인회 역시 그러했다. 구인회는 우리나라 문학사에서 모더니스트들의 요람으로 평가받는다. 초기 이태준, 이효석, 유치진, 김기림, 정지용 등으로 구성되었던 구인회는 이후 두 차례에 걸쳐 구성원들이 바뀌며 이상, 박태원, 김유정 등이 들어감으로써 시인, 소설가, 비평가 중심의 문학 모임이 된다.

구인회는 카프(KARF, 조선프롤레타리아예술가동맹)에 대한 소극적 반발과 함께 근대적 모더니즘을 추구한 모임이었다. 주지주의, 이미지즘, 초현실주의 등 문학 전반의 다양한 방향에 관심을 보였던 구인회 덕분에 이상은 당대 문단 최고의 모더니스트 시인으로 자리 잡을 수 있었다. 정지용의 소개로 《가톨릭청년》에 〈꽃나무〉, 〈거울〉, 〈이런 시〉 등을 한국어로 발표한 것이 바로 그 첫걸음이었다. 이상은 한국어로 된 작품을 자신의 필명인 '이상'으로 발표하면서 조선 문단에 공식적으로 들어선다.

전설의 시작, 〈오감도〉 연재

1934년, 이상은 〈오감도〉를 《조선중앙일보》에 연재한다. 박태원이 다리를 놓고 정지용이 이태준에게 부탁해 성사된 〈오감도〉 연재는 원래 30편을 연재하기로 했던 것이다. 하지만 〈오감도〉를 읽은 독자들이 '무슨 개수작이냐', '미친놈의 잠꼬대'라고 항의를 하고 연재를 중단하라는 투서가 매일 들어와서 결국 아홉 편의 연재(작품은 15편까지 게재)로 막을 내린다. 이태준은 이때 자신의 주머니에 사직서를 항상 넣고 다니며 이상의 시를 옹호하는 방패막이를 자처했다고 한다.

〈오감도〉 연재 중단에 대해서 이상은 훗날 글을 남겨 자신의 서운함과 자부심을 내비치기도 했다.

> 왜 미쳤다고들 그러는지, 대체 우리는 남보다 수십 년씩 떨어져도 마음 놓고 지낼 작정이냐. 모르는 것은 내 재주도 모자랐겠지만 게을러빠지게 놀고만 지내던 일도 좀 뉘우쳐 보아야 아니 하느냐. 여남은 개쯤 써보고 시를 만들 줄 안다고 잔뜩 믿고 굴러다니는 패들과는 물건이 다르다. 2000점에서 30점 고르는 데 땀을 흘렸다. 31

년, 32년 일에서 용 대가리를 떡 꺼내어놓고 하도 야단에 뱀꼬랑지는커녕 쥐꼬랑지도 못 달고 그만두니 서운하다.

〈오감도〉 작자의 말

이해 가을 무렵 이상은 구인회에 제3차 동인으로 가입하고, 박태원의 〈소설가 구보 씨의 일일〉의 삽화를 '하융(河戎, 물속의 오랑캐)'이란 필명으로 그린다.

이상이 열었던 다방 '제비'는 2년여간 문인과 예술가들의 아지트가 되었는데, 누가 찾아오건 헝클어진 머리와 덥수룩한 수염 차림의 이상이 너털웃음으로 예술인들을 맞이했다고 한다. 그러나 이상의 경영 능력은 신통치 않았던 것 같다. 경영난에 빠져 빚더미에 오른 다방 '제비'를 1935년 9월 폐업한 이상은 다시 다방 '쓰루', '69' 등을 연이어 차리며 재기를 도모했으나 모두 실패하고 만다.

서울에서의 연이은 사업 실패로 인해 경제적 어려움에 시달리게 된 이상은 경성고등공업학교 동기였던 원용석이 지방 공무원으로 근무하고 있던 평안북도 성천으로 요양을 떠난다. 서울내기였던 이상에게 성천은 새로운 세계였던 것으로 보인다. 경성 토박이에다가 근대주의자였던 이상은 인공, 문명, 도시, 근대와는 전혀 다른 세계인 성천의 자연과 산천, 향촌을 접하면서 '조선적인 것'에 대해 비로소 눈을 뜨게 된다. 성천에서 여름을 지낸 이상은 그 체험을 수필 〈산촌 여정〉, 〈권태〉에 담아냈다. 이상의 성천 체험은 이상에게 '지역성'을 가진 공간으로서의 조선을 인식시켰다는 점에서 중요한 사건으로 기록되고 있다.

변동림과의 결혼, 그리고 동경행

서울로 돌아온 이상은 친구 구본웅의 알선으로 창문사에 근무하면서 구인회 동인지 《시와 소설》 창간호를 편집, 발간하는 일을 맡는다. 이상은 시에 전념하던 것에서 방향을 전환해 1936년부터는 소설에 주력하게 된다. 〈지주회시〉, 〈날개〉 등을 잇달아 발표하면서 문단의 주목을 받고 자기 문학에 자신감을 갖게 된다. 이상의 소설들은 대부분 이 시기에 집중적으로 창작되었고, 이후 동경에서 완성한 〈동해〉, 〈종생기〉 등이 그의 죽음을 전후로 발표된다.

이상은 '낙랑파라'라는 카페를 드나들며 변동림을 알게 된다. 변동림은 친구 구본웅의 계모인 변동숙의 이복동생으로 이화여대 영문과를 다니고 있던 인재였다. 변동림은 수필과 단편소설 몇 편을 발표하며 신예 작가로 이름을 알리기 시작했는데, 이상은 이런 변동림에게 이끌리게 된다. 변동림 역시 이상이 결핵에 걸려 있다는 것을 알면서도 "폐병이면 어때, 좋은 사람이면."이란 말로 결혼에 응한다. 그 둘이 식을 올린 것은 1936년 6월이었다. 이상의 소설 〈종생기〉, 〈실화〉 등에 등장하는 여인은 변동림을 모델로 한 것으로 알려져 있다.

> 저는 지금 사람 노릇을 못 하고 있습니다. (중략) 살아야겠어서, 다시 살아야겠어서 저는 여기를 왔습니다. (중략) 저는 당분간 어떤 고난과라도 싸우면서 생각하는 생활을 하는 수밖에 없습니다. 한 편의 작품을 못 쓰는 한이 있더라도, 아니 말라비틀어져 굶어 죽는 한이 있더라도 저는 지금의 자세를 포기하지 않겠습니다.
>
> 〈H형에게 보내는 편지〉에서

이상은 결혼한 지 얼마 지나지 않은 1936년 10월경 동경으로 향한다. 폐결핵이 점점 깊어지는 몸으로도 기어이 동경행을 감행한 것은 근대의 첨단과 세계정신의 중심에 직접 맞서보기 위함이었다. 경성에서는 더 이상 새로운 문학을 찾아낼 수 없을 것이라는 생각에, 자신의 문학의 돌파구를 찾아 동경으로 간 것이다. 그러나 이상은 1930년대 동경의 화려함 뒤에 감추어진 '가짜 근대'에 실망하고 만다. 그토록 가고 싶어 하던 동경 역시 서양의 근대문명을 흉내 낸 것에 지나지 않았던 것이다. 동경에 실망한 이상은 김기림 등에게 동경에 대한 환멸을 담은 편지를 보내는 한편, 소설 〈종생기〉, 〈환시기〉, 〈실화〉, 수필 〈권태〉, 〈슬픈 이야기〉, 〈실낙원〉 등을 부지런히 써 내려간다. 이 작품들은 이상이 죽고 나서 유작으로 발표된다.

날개 꺾인 천재의 죽음

1937년 2월 12일, 설날 이튿날 이상은 하숙집을 나섰다가 일본 경찰의 불심검문을 받고 사상 불온자라는 혐의로 경찰서에 갇히게 된다. 이상은 경찰서에서 한 달가량 조사를 받으며 차가운 옥에서 생활하는 바람에 폐결핵이 악화되었다. 결국 동경제국대학 부속병원으로 이송되지만, 4월 17일 새벽 4시 만 26년 7개월의 삶을 마감하고 만다.

이상은 죽기 직전 자신을 간호하러 온 아내 변동림에게 "멜론이 먹고 싶다."라는 말을 남기고 숨을 거둔다.* 죽은 이상의 얼굴을 화가 길진섭이 데드마스크로 본떴다는 증언이 여럿 있으나 데드마스크의 소재는 알 수 없다.

이후 변동림은 이상의 유해를 화장해 경성으로 돌아와 서울 미아리 공동묘지에 안장했다. 그러나 한국전쟁을 겪으며 묘지의 정확한 위치는 확인할 수 없게 되었다. 결국 그의 죽음은 그의 문학만큼이나 미궁에 빠진 셈이니, 문학과 삶을 일치시키며 살았던 그

* 이상의 마지막 말이 무엇이었느냐 하는 것에 대해서는 "레몬 향기가 맡고 싶다."거나 멜론이 아니라 참외라는 이야기도 있다.

다운 결말이기도 하다.

광복 이후 1949년에 김기림은 이상의 시와 단편소설을 중심으로《이상 선집》을 펴내며 서문에서 그의 죽음을 기렸다.

> 무명처럼 엷고 희어진 얼굴에 지저분한 검은 수염과 머리털, 뼈만 남은 몸뚱아리, 가쁜 숨결, 그런 속에서도 온갖 지상의 지혜와 총명을 두 낱 초점에 모은 듯한 그 무적한 눈만이, 사람에게는 물론 악마나 신에게조차 속을 리 없다는 듯이, 금강석처럼 차게 타고 있는 것이었다. 그것은 인생과 조국과 시대와 그리고 인류의 거룩한 순교자의 모습이었다. '리베라'에 필적하는 또 하나의 아름다운 '피에타'였다.
>
> **《이상 선집》 서문에서**

이상의 작품 세계

이상의 문학 세계에 대한 정리는 《이상 연구》(김윤식, 문학사상사, 1987), 《이상 소설연구》(김주현, 소명출판, 1999), 《이상 텍스트연구》(권영민, 뿔, 2009) 등을 참고했다.

먼저 이상이 발표한 소설을 목록으로 정리하면 다음과 같다.*

	창작연도	제목	비고
1	1930	12월 12일	장편소설
2	1932	지도의 암실	필명; 비구(比丘)
3	1932	휴업과 사정	필명: 보산(甫山)
4	1934	지팽이 역사	
5	1936	지주회시	
6	1936	날개	
7	1936	봉별기	
8	1937	동해	
9	1937	황소와 독개비	동화
10	1937	종생기	4월 17일 사망
11	1938	환시기	유작
12	1939	실화	
13	1939	단발	
14	1939	김유정	

* 이 목록은《이상 전집》(권영민, 뿔, 2009)에 따른 것이다. 작품 〈공포의 기록〉과 미발표 원고 발견작으로 알려진 〈불행한 계승〉을 소설로 분류하는 경우도 있는데, 여기서는 수필로 분류해 제외했다. 반대로 〈지팽이 역사〉, 〈김유정〉을 수필로 보아 제외하는 경우도 있는데, 여기에서는 목록에 넣었다. 이와 같이 이상의 소설은 성격이 모호한 경우를 어떻게 처리하는가에 따라 최소 12편에서 최대 16편까지 작품 수가 달라진다.

이상의 작품 세계에서 특이한 것은 그가 장편소설로 등단하여 시를 거쳐 단편소설로 나아갔다는 사실이다. 이상은 1930년 자신의 이름을 내걸고 《12월 12일》을 처음 발표한다. 하지만 그 뒤로 줄곧 시 창작에 몰두하면서 이따금 소설을 내놓는데, 이때만 해도 이상의 관심사는 시를 향해 있었던 것으로 보인다. 이상이 작가로서의 자의식을 갖고 소설을 발표하기 시작하는 것은 1936년부터의 일인데, 〈지주회시〉와 〈날개〉 등이 그 시기의 작품이다.

이상 소설은 우리가 흔히 '소설'이라고 할 때 떠올릴 수 있는 문학적 특질을 제대로 갖추지 않고 있다. 어떤 사건을 중심으로 한 서사적 플롯이 빈약한 편이며 줄거리라고 할 만한 이야기도 뚜렷하지 않다. 그의 소설은 현실에서 일어날 법한 사건을 다루는 현실주의 문학과 거리가 멀다. 대신 작가 개인의 형이상학적 생각, 주관적 시선을 중심으로 한 자의식의 세계가 소설의 중심을 이룬다. 이런 측면에서 이상의 소설은 한국 심리주의 문학의 원형이라 할 법하다.

이상의 소설은 그 분류 방법에 따라 여러 가지로 달라질 수 있다. 예를 들면 내면과 외면을 기준으로 삼아 내면 공간을 파헤치는 작품과 외적인 사실이나 사건에 주력하는 것 두 부류로 나누어 살피는 방법이 있다. 또 언어 기호체계를 기준으로 삼아 한글체의 초기 소설, 일본어체의 창작 소설, 한글 수필체의 소설 등으로 나누어 살피기도 한다. 그 외에도 작품 속 등장인물을 중심으로 '금홍(직업 여성)' 계열의 작품과 '정희(신여성)' 계열의 작품으로 나누기도 한다.

여기서는 내용적 측면에서의 접근과 형식적 측면에서의 접근으로 나누어 이상 소설의 작품 세계를 살펴보도록 한다.

이상 소설의 내용적 측면

이상 문학의 가장 중요한 문학적 주제는 '사랑'과 '죽음'의 문제, 즉 금홍을 비롯한 여성과의 '사랑'과 결핵으로 인한 '죽음' 두 가지이다. 이를 기준으로 크게 세 가지 유형으로 이상의 소설을 범주화할 수 있다.

① 죽음(타나토스)의 충동을 형상화한 작품

결핵은 이상의 일생을 지배한 질병이었다. 이상이 작가로서의 길을 걷기 시작한 무렵 발병한 결핵은 이상을 죽음에 대한 충동, 자살 충동으로 이끌어간다. 이 점은 이상의 첫 발표작인 《12월 12일》에서도 분명하게 드러난다.

> 나의 지난날의 일은 말갛게 잊어주어야 하겠다. 나조차도 그것을 잊으려 하는 것이니 자살은 몇 번이나 나를 찾아왔다. 그러나 나는 죽을 수 없었다. (중략) 다만 이 무서운 기록을 다 써서 마치기 전에

는 나의 그 최후에 내가 차지할 행운은 찾아와 주지 말았으면 하는 것이다. 무서운 기록이다. 펜은 나의 최후의 칼이다.

이상은 결핵 발병으로 인한 공포를 '무서운 기록'으로 남김으로써 이겨낼 수 있었다. '펜은 나의 최후의 칼'이라는 말에서 이상이 결핵으로 인한 죽음 선고에 맞서 '무서운 기록'을 통해 죽음을 넘어서려고 했음을 알 수 있다. 이상에게는 자살 충동이 글쓰기의 원천이 된 것이다.

이러한 죽음에 대한 불안 의식과 자살 충동이 전면에 등장하는 작품으로는《12월 12일》로부터 1년여 뒤에 쓰인 〈지도의 암실〉을 들 수 있다. 또 수필과 소설의 영역에 걸쳐 있는 〈공포의 기록〉 역시 죽음을 앞둔 이상의 불안한 내면을 그대로 보여주고 있다.

② 사랑(에로스)의 욕망을 형상화한 작품

이상 소설의 두 번째 축은 '사랑'이다. 이상이 쓴 거의 모든 소설은 주인공과 그의 여인 사이의 관계가 중심 서사로 자리 잡고 있다. 그의 작품에 등장하는 여인들은 대체로 정숙한 여인이 아니며, 이상에게 여인은 병적인 탐닉의 대상이거나 반대로 속임과 사기술로 가득한 비웃음의 대상이다.

〈봉별기〉는 이상이 요양차 방문한 배천온천에서 만난 금홍과의 만남에서부터 이별까지의 과정을 담담히 기록한 작품이다. 이상은 요양차 온천을 향하지만 거기서 만난 금홍에게 빠져들고, 요양보다는 금홍에게 몰두하게 된다. 결핵 환자였던 이상에게 에로스적인 사랑에 대한 탐닉은 자기 파괴적인 쾌락을 위한 것이기도 했다.

〈날개〉는 이상이 다방 '제비'를 차리고 금홍을 서울로 불러들여 마담으로 앉힌 뒤 함께 동거한 기간의 삶을 형상화한 것이다. 33번지 18가구에서 사는 '나'와 아내의 이야기는 철저하게 돈과 성을 주제로 삼고 있다.

〈동해〉의 '임이'는 겉으로는 정숙하지만 속을 알 수 없는 존재로 그려진다. 대체로 이상의 소설에서 여인들은 두 계열로 나눌 수 있는데, '금홍' 계열과 '정희' 계열이 그것이다. '금홍' 계열의 여인들이 생계를 위해 몸을 거래한다면, '정희' 계열의 여인들은 관능과 쾌락에 몸을 내맡기며 주인공을 그러한 관능적 놀이의 대상으로 삼는다. 〈동해〉의 '임이' 역시 '정희' 계열의 여인으로 주인공을 능수능란하게 조롱하는 모습을 보여준다.

③ 타나토스와 에로스의 이중적 욕망이 뒤섞인 작품

그리스어로 '에로스(eros)'는 '사랑', 그중에서도 특히 '성적인 욕망'을 뜻하며, 생명과 탄생의 원리로 여겼다. '타나토스(thanatos)'는 '죽음'을 뜻하며 이 세상으로부터의 영원한 소멸을 의미했다. 정신분석학의 길을 연 프로이트는 인간을 움직이는 두 가지 욕망의 기둥을 '에로스'와 '타나토스'로 제시했다. 에로스가 생식 본능, 즉 살고자 하는 욕망이라면, 타나토스는 그 반대인 죽고자 하는 욕망이다. 달리 말하면 '에로스'는 창조의 근원이며 '타나토스'는 파괴의 근원이라 하겠다.

이상의 소설에서 '에로스'와 '타나토스' 이 두 가지 욕망은 서로 얽혀서 새로운 것으로 나아가는 모습을 보이는데, 특히 죽음이 임박해 오고 있던 1937년을 전후로 한 시점에서는 이런 두 가지 본능의 뒤섞임이 분명하게 드러난다.

> 죽음은 식전의 담배 한 모금보다도 쉽다. 그렇건만 죽음은 결코 그의 창호(窓戶)를 두드릴 리가 없으리라고 미리 넘겨짚고 있는 그였다. 그러나 다만 하나 이 예외가 있는 것을 인정한다.
>
> A double suicide

〈단발〉의 인용문에서 나오는 'A double suicide'는 에로스와 타나토스가 결합된 양상을 보여준다. 이른바 '정사(情死)', 사랑하는 연인이 동반 자살을 감행하는 일이 바로 그것이다. 이상에게는 어차피 찾아올 죽음이라면 그것을 사랑하는 연인과 함께 능동적으로 받아들이는 것이 최선의 방책이었을 것이다. 이상은 죽음의 공포를 사랑을 통해 잊고자 했지만 그것은 어찌 보면 소비적이고 소모적인 행위였기에 그의 죽음을 앞당기고 만다. 불나방이 불에 뛰어들면 죽는다는 걸 알면서도 그 황홀한 불꽃에 이끌려 뛰어들고 말 듯이, 이상은 사랑에 몰두하는 일이 죽음을 재촉할 것이라는 것을 알면서도 사랑에 대한 탐닉을 멈추지 않았다.

이상 소설의 형식적 측면

① 위티즘, 유희를 위한 창작

이상은 작품에서 즐겨 '아이러니, 패러독스, 위트, 농담, 경구(警句), 에피그램' 등의 수사학적 장치를 언급하고 활용했다. 이상이 사용했던 이런 수사학적 장치들은 단지 언어적 표현의 차원에 그치는 것이 아니라 그의 문체이자 창작 방법의 수준으로 확대되고 있는데, 이를 이상 문학의 '위티즘(wittism)'이라 부를 수 있다. '위티즘'은 이상이 직접 명명한 단어인데 '위트(witty)'와 '비평(criticism)'의 합성어인 '위티시즘(witticism)'을 이상이 자기만의 방식으로 바꾸어 표현한 것으로 추정된다.

- 그 위에다 나는 위트와 파라독스를 바둑 포석처럼 늘어놓소. (〈날개〉)
- 자기가 제일 싫어하는 음식물을 상 찌푸리지 않고 먹어보는 거, 그래서 거기두 있는 '맛'인 '맛'을 찾아내구야 마는 거, 이게 말하자

면 '파라독스'지. (《단발》)

- 내 입안으로 침이 좌르르 돌더니 불현듯이 '농담'하고 싶어 죽겠다. (《동해》)
- 고독한 만년 가운데 한 구의 에피그램을 얻지 못하고 그대로 처참히 나는 물고하고 만다. (《종생기》)

위에서 보듯 이상의 작품 곳곳에서 '위트, 패러독스, 농담, 에피그램' 등의 표현을 볼 수 있는데, 이는 이상이 소설 속에서 실현하고자 한 유희적인 창작 정신의 결과라 볼 수 있다. 최재서는 "위트, 과장, 패러독스, 자조 등 모든 지적 수단을 가지고 가정생활과 금전과 성과 상식과 안일에 대한 모독을 감행하였다."라고 지적한 바 있다. 여기에서 볼 수 있듯 이상은 자신의 작품에서 '자신이나 세계, 작품 속의 대상을 조롱하거나 야유, 모독함으로써 웃음 짓게 만드는 위티즘'을 감행하여 현실 세계에 대한 풍자를 시도한 것이라 볼 수 있다.

② 의식의 흐름과 내적 독백

이상 소설에서는 '띄어쓰기 무시', '의식의 흐름'과 같은 전위적인 실험적 기법이 다양하게 시도된다. 이상은 이러한 실험적 기법을 통해 현실 세계에만 집중되던 당대 현실주의 문학의 흐름에 반항하고, 작가의 내면 세계에 대한 새로운 탐구를 열었다. 또한 무의식의 세계를 문학 속에 끌어들임으로써 자본주의 체제 앞에 내던져진 당대의 불안한 내면 심리, 현대인들의 소외감과 공포심을 소설로 형상화하였다.

그중에서도 '의식의 흐름'이란 마음속에 떠오르는 생각이나 의식의 연속적인 흐름을 기록한 것을 뜻하는데, 이는 현대소설의 핵심 기법 중 하나이다. 이상은 이러한 '의식의 흐름' 기법을 활용하여 작품을 서술함으로써 작중 인물의 내면에서 일어나는 일들을 예리하게 드러낼 수 있었다. 특히 〈날개〉는 이러한 '의식의 흐름' 기법을 활용하여 외부 세계와 단절된 채 고립되어 있는 주인공의 자의식을 섬세하게 잘 드러낸 수작으로 평가받는다.

이상은 언제나 난해한 형식적 실험과 시도로 당대의 독자들에게 외면과 비난을 받기도 했으나, 이와 같은 시도 덕분에 우리나라 문학은 '내면세계'라는 문학의 영토를 새롭게 발견할 수 있었다. 1930년대 한국 사회에서 이상은 자본주의에 짓눌린 현대인의 내면을 소설의 대상으로 삼음으로써 한국 문학의 새로운 길을 열어보인 것이다.

02

이상 작품 읽기

지주회시

날개

봉별기

종생기

지주회시

날개

봉별기

종생기

지주회시

1

그날 밤에 그의 아내가 층계에서 굴러떨어지고, 공연히 내일 일을 글탄• 말라고 어느 눈치 빠른 어른이 타일러 놓으셨다. 옳고 말고다. 그는 하루 치씩만 잔뜩 산(生)다. 이런 복음에 곱신히• 그는 덩어리(속지 말라•)처럼 말이 없다. 잔뜩 산다. 아내에게 무엇을 물어보리오? 그리니까 아내는 내답할 일이 생기지 않고 따라서 부부는 식물처럼 조용하다. 그러나 식물은 아니다. 아닐 뿐 아니라 여간 동물이 아니다.

그래서 그런지 그는 이 귤 궤짝만 한 방 안에 무슨 연줄로• 언제부터 이렇게 있게 되었는지 도무지 기억이 없다. 오늘 다음에 오늘이 있는 것. 내일 조금 전에 오늘이 있는 것. 이런 것은 영 따지

• 글탄 끌탕. 속을 태우는 걱정.
• 곱신히 그렇다고 받아들이며.
• 속지 말라 '벙어리'가 아니라 '덩어리'라고 쓴 것을 속지 말라는 말인 듯함.
• 연줄로 인연으로.
• 글탄 끌탕. 속을 태우는 걱정.

지 않기로 하고 그저 얼마든지 오늘 오늘 오늘 오늘…… 하릴없이 눈 가린 마차 말의 동강 난 시야•다. 눈을 뜬다. 이번에는 생시가 보인다. 꿈에는 생시를 꿈꾸고 생시에는 꿈을 꿈꾸고, 어느 것이나 재미있다.

오후 네 시. 옮겨 앉은 아침. 여기가 아침이냐. 날마다다. 그러나 물론 그는 한 번씩 한 번씩이다. (어떤 거대한 모체가 나를 여기다 갖다 버렸나) 그저 한없이 게으른 것, 사람 노릇을 하는 체 대체 어디 얼마나 기껏 게으를 수 있나 좀 해보자. 게으르자. 그저 한없이 게으르자. 시끄러워도 그저 모른 체하고 게으르기만 하면 다 된다. 살고 게으르고 죽고. 가로대 사는 것이라면 떡 먹기다. 오후 네 시. 다른 시간은 다 어디 갔나. 대수냐. 하루가 한 시간도 없는 것이라기로서니 무슨 성화•가 생기나.

또 거미. '아내는 꼭 거미'라고 그는 믿는다. 저것이 어서 도로 환투•를 하여서 거미 형상을 나타내었으면……. 그러나 거미를 총으로 쏘아 죽였다는 이야기는 들은 일이 없다. 보통 발로 밟아 죽이는데, 신발 신기는커녕 일어나기도 싫다. 그러니까 마찬가지다. 이 방에 그 외에 또 생각하여 보면…… 맥•이 뼈를 디디는 것

- **눈 가린 ~ 시야** 말이 마차를 끌 때 눈가리개를 씌워 앞만 보도록 하는 것처럼, 자신도 선택의 여지가 없다는 말.
- **성화** 일 따위가 뜻대로 되지 아니하여 답답하고 애가 타는 증세.
- **환투** 환퇴. 형상을 바꾸어서 다시 태어나는 일.
- **맥** 기운이나 힘.

이 빤히 보이고, 요 밖으로 내어놓는 팔뚝이 밴댕이처럼 꼬스르하다•. 이 방이 그냥 거민 게다. 그는 거미 속에 가 넓적하게 드러누워 있는 게다. 거미 내음새다. 이 후덥지근한 내음새는 아하 거미 내음새다. 이 방 안이 거미 노릇을 하느라고 풍기는 흉악한 내음새에 틀림없다. 그래도 그는 아내가 거미인 것을 잘 알고 있다. 가만둔다. 그리고 기껏 게을러서 아내(人거미)로 하여금 육체의 자리(혹 틈)를 주지 않게 한다.

방 밖에서 아내는 부시럭거린다. 내일 아침보다는 너무 이르고 그렇다고 오늘 아침보다는 너무 늦은 아침밥을 짓는다. 예의• 덧문을 닫는다. (민활하게•) 방 안에 색종이로 바른 반닫이가 없어진다. 반닫이는 참 보기 싫다. 대체 세간이 싫다. 세간은 어떻게 하라는 것인가. 왜 오늘은 있나. 오늘이 있어서 반닫이를 보아야 되느냐. 어두워졌다. 계속하여 게으르다. 오늘과 반닫이가 없어지라고. 그러나 아내는 깜짝 놀란다. 덧문을 닫는 남편…… 잠이나 자는 남편이 덧문을 닫았더니 생각이 많다. 오줌이 마려운가, 가려운가, 아니 저 인물이 왜 잠을 깨었나? 참 신통한 일은, 어쩌다가 저렇게 사(生)는지, 사는 일이 신통한 일이라면 또 생각하여 보면 자는 것은 더 신통한 일이다. 어떻게 저렇게 자나? 저렇게도 많이

• 꼬스르하다 정확한 뜻을 알 수 없음.
• 예의 이미 잘 알고 있는 바를 가리킬 때 쓰는 말.
• 민활하다 날쌔고 활발하다.

자나? 모든 일이 희한한 일이었다. 남편. 어디서부터 어디까지가 부부람. 남편. 아내가 아니라도 그만 아내이고 마는구나. 그러나 남편은 아내에게 무엇을 하였느냐. 담벼락이라고 외풍이나 가려 주었더냐. 아내는 생각하다 보니까 참 무섭다는 듯이, 또 정말이지 무서웠겠지만, 이 닫은 덧문을 얼른 열고 늘 들어도 처음 듣는 것 같은 목소리로 어디 말을 건네본다.

"여보, 오늘은 크리스마스요. 봄날같이 따뜻(이것이 원체 틀린 화근이다)하니 수염 좀 깎소."

도무지 그의 머리에서 그 거미의 어렵디어려운 말들이 사라지지 않는데, 들은 '크리스마스'라는 한마디 말은 참 서늘하다. 그가 어쩌다가 그의 아내와 부부가 되어버렸나. 아내가 그를 따라온 것은 사실이지만 왜 따라왔나? 아니다. 와서 왜 가지 않았나? 그것은 분명하다. 왜 가지 않았나 이것이 분명하였을 때, 그들이 부부 노릇을 한 지 일 년 반쯤 된 때 아내는 갔다. 그는 아내가 왜 갔나를 알 수 없었다. 그 까닭에 도저히 아내를 찾을 길이 없었다. 그런데 아내는 왔다. 그는 왜 왔는지 알았다. 지금 그는 아내가 왜 안 가는지를 알고 있다. 이것은 분명히 왜 갔는지 모르게 아내가 가버릴 징조에 틀림없다. 즉 경험에 의하면 그렇다. 그는 그렇다고 왜 안 가는지를 일부러 몰라버릴 수도 없다. 그냥 아내가 설사 또 간다고 하더라도 왜 안 오는지를 잘 알고 있는 그에게로 불쑥 돌아와 주었으면 하고 바라기나 한다.

수염을 깎고 첩첩이 닫아버린 번지에서 나섰다. 딴은 크리스마스가 봄날같이 따뜻하였다. 태양이 그동안에 퍽 자랐나도 싶었다. 눈이 부시고, 또 몸이 까칫까칫 조하고•, 땅은 힘이 들고, 두꺼운 벽이 더덕더덕 붙은 빌딩을 쳐다보는 것은 보는 것만으로도 넉넉히 숨이 차다. 아내 흰 양말이 고동색 털양말로 변한 것. 계절은 방 속에서 묵는 그에게 겨우 제목만을 전하였다. 겨울, 가을이 가기도 전에 내닥친 겨울에서 처음으로 인사 비슷이 기침을 하였다. 봄날같이 따뜻한 겨울날. 필시 이런 날이 세상에 흔히 있는 공일날•이나 아닌지. 그러나 바람은 뺨에도 콧방울에도 차다. 저렇게 바쁘게 씨근거리는 사람, 무거운 통, 짐, 구두, 사냥개, 야단치는 소리, 안 열린 들창…… 모든 것이 견딜 수 없이 답답하다. 숨이 막힌다. 어디로 가볼까. (A취인점•) (생각나는 명함) (오(吳)군) (자랑 마라) (24일 날 월급이던가) 동행이라도 있는 듯이 그는 팔짱을 내저으며 싹둑싹둑 썰어 붙인 것같이 얄팍한 A취인점 담벼락을 빼빼 싸고돌다가, 이 속에는 무엇이 있나? 공기? 사나운 공기리라, 살을 저미는…….

과연 보통 공기가 아니었다. 눈에 핏줄, 새빨갛게 달은 전화. 그

• 조하다 축축하고 부드러운 느낌이 없이 까칠까칠하게 마르다.
• 공일날 휴일. 일을 하지 않고 쉬는 날.
• 취인점 취인소. 주식거래소.

의 허섭수룩한• 몸은 금시에 타 죽을 것 같았다. 오(吳)는 어느 회전의자에 병마개 모양으로 명처• 있었다. 꿈과 같은 일이다. 吳는 장부를 뒤져 주소 씨명•을 차곡차곡 써 내려가면서 미남자인 채로 생동생동• (살고) 있었다. '조사부'라는 패가 붙은 방 하나를 독차지하고 방 사벽에다가는 빈틈없이 방안지•에 그린 그림 아닌 그림을 발라놓았다.

"저런 걸 많이 연구하면 대강은 짐작이 났으렷다."

"도통하면• 돈이 돈 같지 않아지느니."

"돈 같지 않으면 그럼 방안지 같은가?"

"방안지?"

"그래 도통은?"

"흐흠. 나는 도로 그림이 그리고 싶어지데."

그러나 吳는 여위지 않고는 배기기 어려웠던가 싶다. 술, 그럼 색? 吳는 완전히 吳 자신을 활활 열어젖혀 놓은 모양이었다. 흡사 그가 吳 앞에서나 세상 앞에서나 그 자신을 첩첩이 닫고 있듯이. 오냐, 왜 그러니, 나는 거미다. 연필처럼 야위어가는 것, 피가 지

- **허섭수룩한** 낡고 허름한.
- **명처** 정확한 뜻을 알 수 없음.
- **씨명** 성과 이름.
- **생동생동** 본디의 기운이 그대로 남아 있어 생생한 모양.
- **방안지** 일정한 간격으로 여러 개의 세로줄과 가로줄을 그린 종이.
- **도통하다** 어떤 일을 잘 알거나 잘하다.

나가지 않는 혈관, 생각하지 않고도 없어지지 않는 머리, 콱 막힌 머리, 코 없는 생각, 거미, 거미 속에서 안 나오는 것, 내다보지 않는 것, 취하는 것, 정신없는 것…… 방. 버선처럼 생긴 방이었다. 아내였다. 거미라는 탓이었다.

吳는 주소 씨명을 멈추고 그에게 담배를 내밀었다. 그러자 연기를 가르면서 문이 열렸다. (퇴사 시간) 뚱뚱한 사람이 말처럼 달려들었다. 뚱뚱한 신사는 吳와 깨끗하게 인사를 한다. 가느다란 몸집을 한 吳는 굵은 목소리로, 굵은 몸집을 한 신사는 가느다란 목소리로 주고받고 하는 신선한 회화다.

"사장께서는 나가셨나요?"

"네. 참 이백 명이 좀 넘는데요."

"넉넉합니다. 먼저 오시겠지요?"

"한 시간쯤 미리 가지요."

"에……또 에……또 에 또 에 또 그럼 그렇게 알고……."

"가시겠습니까?"

툭탁하고 나더니 뚱뚱한 신사는 곁에 앉은 그를 흘깃 보고 고개를 돌리고 그저 나갈 듯하다가 다시 흘깃 본다. 그는 '내 인사를 하면 어떻게 되더라?' 하고 망싯망싯하다가* 그만 얼떨결에 꾸뻑 인사를 하여버렸다. 이 무슨 염치없는 짓인가. 뚱뚱한 신사는 인

* **망싯망싯하다** 멈칫멈칫하다. 자꾸 어떤 일을 망설이다.

사를 받더니 받아가지고는 그냥 싱긋 웃듯이 나가버렸다. 이 무슨 모욕인가. 그의 귀에는, 뚱뚱 신사가 대체 누군가를 생각해 보는 동안에도 "어떠십니까?"라는 그 뚱뚱 신사의 손가락질 같은 말 한 마디가 남아서 웽웽한다. 어떠냐니, 무엇이 어떠냐누? 아니 그게 누군가? 옳아 옳아. 뚱뚱 신사는 바로 그의 아내가 다니고 있는 카페 R회관 주인이었다.

아내가 또 온 것은 서너 달 전이다. 와서 그를 먹여 살리겠다는 것이었다. 빚 백 원을 얻어 쓸 때 그는 아내를 앞세우고 이 뚱뚱이 보는 데다 타원형 도장을 찍었다. 그때 유까다* 입고 내려다보던 눈에서 느낀 굴욕을 오늘이라고 잊었을까. 그러나 그는 이게 누군지도 채 생각나기 전에 어언간 이 뚱뚱이에게 고개를 수그리지 않았나. 지금. 지금. 골수에 스미고 말았나 보다. 칙칙한 근성이. 모르고 그랬다고 하면 말이 될까? 더럽구나. 무슨 구실로 변명하여야 되나. 에잇! 에잇! '아무것도 차라리 억울해하지 말자.' 이렇게 맹서하자. 그러나 그의 뺨이 화끈화끈 달았다. 눈물이 새금새금* 맺혀 들어왔다. 거미, 분명히 그 자신이 거미였다. 물뿌리처럼 야위어 들어가는 아내를 빨아먹는 거미가 너 자신인 것을 깨달아라. 내가 거미다. 비린내 나는 입이다. 아니 아내는 그럼 그에게서 아

- **유까다** 여름철에 입는 일본식 홑옷.
- **새금새금** 살금살금. 살며시.

무것도 안 빨아먹느냐. 보렴! 이 파랗게 질린 수염 자국, 퀭한 눈, 늘씬하게 만연• 되나마나 하는 형영• 없는 영양을 보아라. 아내가 거미다. 거미 아닐 수 있으랴. 거미와 거미, 거미와 거미냐. 서로 빨아먹느냐. 어디로 가나. 마주 야위는 까닭은 무엇인가. 어느 날 아침에나 뼈가 가죽을 찢고 내밀리려는지. 그 손바닥만 한 아내의 이마에는 땀이 흐른다. 아내의 이마에 손을 얹고 그래도 여전히 그는 잔인하게 아내를 밟았다. 밟히는 아내는 삼경•이면 쥐 소리를 지르며 찌그러지곤 한다. 내일 아침에 펴지는 염낭•처럼. 그러나 아주까리 같은 사치한 꽃이 핀다. 방은 밤마다 홍수가 나고 이튿날이면 쓰레기가 한 삼태기•씩이나 났고, 아내는 이 묵직한 쓰레기를 담아가지고 늦은 아침(오후 네 시) 뜰로 내려가서 그도 대리하여• 두 사람 치의 해를 보고 들어온다. 금 긋듯이 아내는 작아 들어갔다. 쇠와 같이 독한 꽃, 독한 거미, 문을 닫자. 생명에 뚜껑을 덮었고, 사람과 사람이 사귀는 버릇을 닫았고, 그 자신을 닫았다. 온갖 빛에서, 온갖 관계에서, 온갖 희망에서, 온갖 욕(慾)에서, 그리고

- **만연** 식물의 줄기가 널리 뻗는다는 뜻으로, 전염병이나 나쁜 현상이 널리 퍼짐을 비유적으로 이르는 말.
- **형영** 형체와 그림자.
- **삼경** 밤 열한 시에서 새벽 한 시 사이.
- **염낭** 허리에 차는 작고 둥근 주머니.
- **삼태기** 흙이나 쓰레기, 거름 따위를 담아 나르는 데 쓰는 기구.
- **대리하다** 남을 대신하여 일을 처리하다.

온갖 욕에서……. 다만 방 안에서만 그는 활발하게 발광할 수 있었다. 미역 핥듯 핥을 수도 있었다. 전등은 그런 숨결 때문에 곧잘 꺼졌다. 밤마다 이 방은 고달팠고 뒤집어엎었고 방 안은 기어이 병들어 가면서도 빠득빠득 버티고 있다. 방 안은 쓰러진다. 밖에 와 있는 세상, 암만 기다려도 그는 나가지 않는다. 손바닥만 한 유리를 통하여 꿋꿋이 걸어가는 세월을 볼 수 있을 따름이었다. 그러나 밤이 그 유리 조각마저도 얼른얼른 닫아주었다. 안 된다고.

그러자 吳는 그의 무색해하는 것을 볼 수 없다는 듯이 들창 셔터를 내렸다.

"자, 나가세."

그는 여기서 나가지 않고 그냥 그의 방으로 돌아가고 싶었다. (육 원짜리 셋방) (방밖에 없는 방) (편한 방) 그럴 수는 없나.

"그 뚱뚱이 어떻게 아나?"

"그저 알지."

"그저라니?"

"그저."

"친헌가?"

"천만에. 대체 그게 누군가?"

"그거, 그건 가부꾼•이지. 우리 취인점허구는 돈 만 원 거래나

• **가부꾼** 주식꾼. '가부'는 '주식'을 뜻하는 일본어.

있지."

"흠."

"개천에서 용이 나려니까."

"흠."

R카페는 뚱뚱의 부업인 모양이었다. 내일 밤은 A취인점이 고객을 초대하는 망년회가 R카페 삼층 홀에서 열릴 터이고 吳는 그 준비를 맡았단다. 이따가 느지막해서 吳는 R회관에 좀 들르란다. 그들은 차점•에서 우선 홍차를 마셨다. 크리스마스트리 곁에서 축음기가 깨끗이 울렸다. 두루마기처럼 기다란 털외투, 기름 바른 머리, 금시계, 보석 박힌 넥타이핀…… 이런 모든 吳의 차림차림이 한없이 그의 눈에 거슬렸다. 어쩌다가 저 지경이 되었을까. 아니, 나야말로 어쩌다가 이 모양이 되었을까. (돈이었다) 사람을 속였단다. 다 털어먹은 후에는 볼품 좋게 여비를 주어서 쫓는 것이었다. 삼십까지 백만 원. 주체할 수 없이 달라붙는 계집. 자네도 공연히 꾸물꾸물하지 말고 청춘을 이렇게 대우하라는 것이었다. (거침없는 吳 이야기) 어쩌다가, 아니 나는 어쩌다가 이렇게 훨씬 물러앉고 말았나를 알 수가 없었다. 다만 모든 이런 吳의 저속한 큰소리가 맹탕 거짓말 같기도 하였으나 또 아니 부러워하려야 아니 부러워할 수 없는 형언 안 되는 것이 확실히 있는 것도 같았다.

• 차점 찻집.

지난봄에 吳는 인천에 있었다. 십 년. 그들의 깨끗한 우정이 꿈과 같은 그들의 소년 시대를 그냥 아름다운 것으로 남기게 하였다. 아직 싹트지 않은 이른 봄, 건강이 없는 그는 吳와 함께 사직 공원 산기슭을 같이 걸으며 吳가 긴히 이야기해야겠다는 이야기를 듣고 있었다. 너무나 뜻밖의 일은, 吳의 아버지는 백만의 가산을 날리고 마지막 경매가 완전히 끝난 것이 바로 엊그제라는, 여러 형제 가운데 이 吳에게만 단 한 줄기 촉망•을 두는 늙은 기미• 호걸의 애끊는 글을 吳는 속주머니에서 꺼내 보이고, 저버릴 수 없는 마음에, 吳는 운다. 우리 일생의 일로 정하고 있던 화필•을 요만 일에 버리지 않으면 안 되겠느냐는, 전에도 후에도 한 번밖에 없는 吳의 종종(淙淙)한• 고백이었다. 그때 그는 봄과 함께 건강이 오기만 눈이 빠지게 고대하던 차, 그도 속으로 화필을 던진 지 오래였고 묵묵히 머지않아 쪼개질 축축한 지면을 굽어보았을 뿐이었다. 그리고 뒤미처 태풍이 왔다.

"오너라. 와서 내 생활을 좀 보아라."

이런 吳의 부름을 빙그레 웃으며 그는 인천의 吳를 들렀다. 사

• **촉망** 잘되기를 바라고 기대함. 또는 그런 대상.
• **기미** 현물 없이 쌀을 팔고 사는 일. 실제 거래를 목적으로 하는 것이 아니고 쌀의 시세를 이용하여 약속으로만 거래하는 일종의 투기 행위이다.
• **화필** 그림을 그리는 데 쓰는 붓.
• **종종한** 정확한 뜻을 알 수 없음. '종(淙)'은 '물소리, 물 흐르는 모양'을 뜻함.

사(四四)•, 벽적대는 해안통, K취인점 사무실, 어디로 갔는지 모르는 吳의 형영, 깎은 듯한 吳의 집무 태도를 그는 여전히 건강이 없는 눈으로 어이없이 들여다보고, 오는 날을 오는 날을 탄식하였다.

방은 전화 자리 하나를 남기고 빽빽이 방안지로 메워져 있었다. 낡기도 전에 갈리는 방안지 위에 붉은 선 푸른 선의 높고 낮은 것. 吳의 얼굴은 일시 일각이 한결같지 않았다. 밤이면 吳를 따라 양철 조각 같은 바(bar)로 얼마든지 쏘다닌 다음, (시끼시마•) 나날이 축가는• 몸을 다스릴 수 없었건만 이상스럽게 吳는 여섯 시면 깨었고 깨어서는 홰등잔• 같은 눈알을 이리 굴리고 저리 굴리고 빨간 빰이 까딱하지 않고 아홉 시까지는 해안통 사무실에 낙자없이• 있었다. 피곤하지 않는 吳의 몸이 아마 금강력•과 함께 필연 무슨 도(道)고 도를 통하였나 보다.

낮이면 吳의 아버지는 울적한 심사를 하나 남은 가야금에 붙이고 이따금 자그마한 수첩에 믿는 아들에게서 걸리는 전화를 만족한 듯이 적는다. 미닫이를 열면 경인열차가 가끔 보인다. 그는 吳

- **사사** 정확한 뜻을 알 수 없음.
- **시끼시마** '일본'이라는 뜻이나, 여기서는 어떤 뜻으로 쓰였는지 모르겠음.
- **축가다** 몸이나 얼굴 따위에서 살이 빠지다.
- **홰등잔** 화등잔. 기름을 담아 등불을 켜는 데에 쓰는 그릇. 놀라거나 두려워 커다래진 눈을 비유적으로 이르는 말.
- **낙자없이** 영락없이. 틀림없이.
- **금강력** 매우 강한 힘.

의 털외투를 걸치고 월미도 뒤를 돌아 드문드문 아직도 덜 진 꽃나무 사이 잔디 위에 자리를 잡고 반듯이 누워서 봄이 오고 건강이 아니 온 것을 글탄하였다. 내다보이는 바다, 개흙밭 위로 바다가 한 벌 드나들더니 날이 저물고 저물고 하였다.

오후 네 시. 吳는 휘파람을 불며 날마다 같은 잔디로 그를 찾아온다. 천막 친 데서 흔들리는 포오타블•을 들으며 차를 마시고 사슴을 보고, 너무 긴 방죽• 중간에서 좀 선선한 아이스크림을 사 먹고, 굴 캐는 것 좀 보고, 吳 방에서 신문과 저녁이 정답게 끝난다. 이러한 달, 오월. 그는 바로 그 잔디 위에서 어느덧 배따라기•를 배웠다. 흉중에 획책하던 일이 날마다 한 켜씩 바다로 흩어졌다.

인생에 대한 끝없는 주저를 잔뜩 지니고 인천서 돌아온 그의 방에서는 아내의 자취를 찾을 길이 없었다. 부모를 배역한• 이런 아들을 아내는 기꺼이 이렇게 잘 뗑겨주는구나•. (문학) (시) 영구히 인생을 망설거리기 위하여 길 아닌 길을 내디뎠다. 그러나 또 튀려는 마음, 비뚤어진 젊음. (정치) 가끔 그는 투어리스트뷰우로•에

• **포오타블** 포터블. 휴대용 라디오.
• **방죽** 물이 밀려들어 오는 것을 막기 위해 쌓은 둑.
• **배따라기** 서도(황해도와 평안도) 민요의 하나. 어부들의 신세타령을 노래한다. 어원은 '배+떠나기'.
• **배역하다** 은혜를 저버리고 배반하다.
• **뗑기다** 똥기다. 모르는 사실을 깨달아 알도록 암시를 주다.
• **투어리스트 뷰우로** tourist bureau. 관광안내소, 여행사.

전화를 걸었다. 원양 항해의 배는 늘 방 안에서만 기적도 불고 입항도 하였다.

여름이 그가 땀 흘리는 동안에 가고, 그러나 그의 등의 땀이 걷히기 전에 왕복엽서 모양으로 아내가 초조히 돌아왔다. 낡은 잡지 속에 섞여서 배고파하는 그를 먹여 살리겠다는 것이다. 왕복엽서, 없어진 반(半). 눈을 감고 아내의 살에서 허다한 지문 내음새를 맡았다. 그는 그의 생활의 서술에 귀찮은 공을 쳤다. 끝났다. 먹여라, 먹으마. 머리도 잘라라. 머리 지지는 십 전짜리 인두. 속옷밖에 필요치 않은 하루.

R카페. 뚱뚱한 유까다 앞에서 얻은 백 원. 그러나 그 백 원을 그냥 쥐고 인천 吳에게로 달려가는 그의 귀에는 지난 5월 吳가 "백 원을 가져오너라. 우선 석 달 만에 백 원 내놓고 오백 원을 주마." 하는 분간할 수 없지만 너무 든든한 한마디 말이 쟁쟁하였던 까닭이다. 그리고 도전(盜電)하는* 그에게 아내는 제 발이 저려 그랬겠지만 잠자코 있었다.

당하였다. 신문에서 배 시간표를 더러 보기도 하였다. 吳는 두서너 번 편지로 그의 그런 생활 태도를 여간 칭찬한 것이 아니다. 吳가 경성으로 왔다. 석 달은 한 달 전에 끝이 났는데, 吳는 인천서 吳에게 버는 족족 털어 바치던 아내(라고 吳는 결코 부르지 않았

• **도전하다** 전기를 몰래 훔쳐 쓰다.

지만)를 벗어버리고, 그까짓 것은, 하여간에 吳의 측량할 수 없는 깊은 우정은 그 넉 달 전의 일도 또 한 달 전에 으레 있었어야 할 일도 광풍제월•같이 잊어버린 참 반가운 편지가 요 며칠 전에 그의 닫은 생활을 뚫고 들어왔다.

그는 가을과 겨울을 잤다. 계속하여 자는 중이었다. 예의 "그래, 이 사람아. 한번 파치•가 된 계집을 또 데리고 살다니." 하는 吳의 필시 그럴 공연한 쑤석질•도 싫었었고. 그러나 크리스마스, 아니다. 어디 그 꿩 구워 먹은 좋은 얼굴을 좀 보아두자. 좋은 얼굴, 전날의 吳, 그런 것이지. 주체할 수 없게 되기 전에 여기다가 동그라미를 하나 쳐두자. 물론 아내는 아무것도 모른다.

2

그날 밤에 아내는 멋없이 층계에서 굴러떨어졌다. 못났다.

도저히 알아볼 수 없는 이 긴가민가한 吳와 그는 어디서 술을 먹었다. 분명히 아내가 다니고 있는 R회관은 아닌, 그러나 역시 그는 그의 아내와 조금도 틀린 곳을 찾을 수 없는 너무 많은 그의

• **광풍제월** 비가 갠 뒤의 맑게 부는 바람과 밝은 달.
• **파치** 깨어지거나 흠이 나서 못 쓰게 된 물건.
• **쑤석질** 가만히 있는 사람을 자꾸 꾀어서 마음이 움직이게 하는 짓.

아내들을 보고 소름이 끼쳤다. 별의별 세상이다. 저렇게 해놓으면 어떤 것이 어떤 것인지?

'오, 가는 것을 보면 알겠군.'

두 시에는 남편 노릇하는 사람들이 일일이 영접하러 오는 그들 여급의 신기한 생활을 그는 들어 알고 있다. 아내는 마중 오지 않는 그를 애정을 구실로 몇 번이나 책망하였으나, 들키면 어떻게 하려느냐, 누구에게. 즉 상대는 보기 싫은 넓적하게 생긴 세상이다. 그는 이 왔다 갔다 하는 똑같이 생긴 화장품, 사실 화장품의 고하가 그들을 구별시키는 외에는 표 난 데라고는 영 없었다. 얼숭덜숭한• 아내들을 두리번두리번 돌아보았다.

헤헤. 모두 그렇겠지. 가서는 방에서…… (참 당신은 너무 닮았구려) 그러나 내 아내는 화장품을 잘 사용하지 않으니까. 아내의 파리한 바탕 주근깨, 코보다 작은 코, 입보다 얇은 입. (화장한 당신이 화장 안 한 아내를 닮았다면?) '용서하오.' 그러나 내 아내만은 왜 그렇게 야위나. 무엇 때문에? (네 죄) (네가 모르느냐) (알지) 그러나 이 여자를 좀 보아라. 얼마나 이글이글하게 살이 알드냐•. 잘 쪘다. 곁에 와 앉기만 하는데도 후끈후끈하는구나.

몫의 귓속말이다.

• **얼숭덜숭하다** 얼쑹덜쑹하다. 얼룩덜룩한 무늬처럼 구분이 잘 되지 않다.
• **알들다** 속이 꽉 차다.

"이게 마유미야. 이 뚱뚱보가 하릴없이 양돼진데…… 좋아, 좋단 말이야. 금알 낳는 게사니• 이야기 알지? (알지) 즉 화수분•이야. 하룻저녁에 3원, 4원, 5원…… 잡힐 물건이 없는데 돈 주는 전당국•이야. (정말?) 아, 나의 사랑하는 마유미거든."

지금쯤은 아내도 저 짓을 하렷다. 아프다. 그의 찌푸린 얼굴을 얼른 吳가 껄껄 웃는다.

"흥, 고약하지. 하지만 들어보게."

소오바•에 계집은 절대 금물이다. 그러나 살을 저며 먹이려고 달려드는 것을 어쩌느냐? (옳다 옳다) 계집이란 무엇이냐? 돈 없이 계집은 무의미다. 아니, 계집 없는 돈이야말로 무의미다. (옳다 옳다) (吳야, 어서 다음을 계속하여라) 따면 따는 대로 금시계를 산다, 몇 개든지. 또 보석, 털외투를 산다, 얼마든지 비싼 것으로. 잃으면 그놈을 끄른다. (옳다 옳다) (그러나 이 짓은 좀 안타까운걸)

"어떻게 하는고 하니, 계집을 하나 찰짜로• 골라가지고 쓱 시계, 보석을 사 주었다가 도로 빼앗아다가 끄르고, 또 사 주었다가 또

- **게사니** 거위.
- **화수분** 재물이 계속 나오는 보물단지.
- **전당국** 전당포. 물건을 잡고 돈을 빌려주어 이익을 취하는 곳.
- **소오바** '미두(米豆)'를 뜻하는 일본말. 미두는 현물 없이 쌀을 팔고 사는 일. 실제 거래를 목적으로 하는 것이 아니고 쌀의 시세를 이용해 약속으로만 거래하는 일종의 투기 행위이다. 여기서는 '미두를 하는 사람', '투기꾼'을 일컫는 말.
- **찰짜로** 찰짜리. 찬찬히.

빼앗았다가 끄르고……. 그러니까 사 주기는 사 주었는데 그놈이 평생 가야 제 것이 아니고 내 것이거든. 쑥 얼마를 그런 다음에는…… 그러니까 꼭 여급이라야만 쓰거든. 하룻저녁에 아따 얼마를 벌든지 버는 대로 털거든. 살을 저며 먹이려 드는데 하루에 아 3, 4원 털기쯤……. 보석은 또 여전히 사 주니까 남는 것은 없어도 여러 번 사 준 폭• 되고. 내가 거미지. 거민 줄 알면서도…… 아니야, 나는 또 제 요구를 안 들어주는 것은 아니니까. 그렇지만 셋방 하나 얻어가지고 같이 살자는 데는 학질•이야. 여보게, 거기까지 가면 삼십까지 백만 원 꿈은 세봉•이지. (옳다? 옳다?) 소오바란 놈 있다가 부자 되는 수효보다는 지금 거지 되는 수효가 훨씬 더 많으니까, 다 저런 것이 하나 있어야 든든하지."

즉 배수진을 쳐놓자는 것이다. 吳는 현명하니까 이 금알 낳는 게사니 배를 가를 리는 천만 만무•다. 저 더덕더덕 붙은 볼따구니 두꺼운 입술이 생각하면 다시없이 귀엽기도 할밖에.

그의 눈은 주기•로 하여 차차 몽롱하여 들어왔다. 개개풀린• 시선이 그 마유미라는 고깃덩어리를 부러운 듯이 살피고 있었다. 아

• **폭** 셈. 어떤 형편이나 결과를 나타내는 말.
• **학질** 전염병의 하나. 전염병처럼 무섭고 싫은 것.
• **세봉** 좋지 않은 일, 큰 탈이 날 일을 속되게 이르는 말.
• **천만 만무** 절대로 없음.
• **주기** 술에 취한 기운.
• **개개풀리다** 졸리거나 술에 취해서 눈이 풀리다.

내, 마유미, 아내, 자꾸 말라 들어가는 아내, 꼬챙이 같은 아내. 그만 좀 마르지. 마유미를 좀 보려무나. 넓적한 잔등이 푸더분한• 폭, 폭, 폭을. 세상은 고르지도 못하지. 하나는 옥수수 과자 모양으로 무럭무럭 부풀어 오르고, 하나는 눈에 보이듯이 오그라들고. 보자, 어디 좀 보자. 인절미 굽듯이 부풀어 올라오는 것이 눈으로 보이렷다. 그러나 그의 눈은 어항에 든 금붕어처럼 눈자위 속에서 그저 오르락내리락 꿈틀거릴 뿐이었다. 화려하게 웃는 마유미의 복스러운 얼굴이 해초처럼 느리게 움직이는 것이 희미하게 보일 뿐이었다. 吳는 이런 코를 찌르는 화장품 속에서 웃고 소리 지르고 손뼉을 치고 또 웃었다.

왜 吳에게만 저런 강력한 것이 있나. 분명히 吳는 마유미에게 여위지 못하도록 금하여 놓았으리라. 명령하여 놓았나 보다. 장하다. 힘, 의지? 그런 강력한 것. 그런 것은 어디서 나오나. 내 그런 것만 있다면 이 노릇 안 하지. 일하지. 하여도 잘하지. 들창을 열고 뛰어내리고 싶었다. 아내에게서 그 악착한 끄나풀을 끌러 던지고 훨훨 줄달음박질을 쳐서 달아나 버리고 싶었다. 내 의지가 작용하지 않는 온갖 것아, 없어져라. 닫자. 첩첩이 닫자. 그러나 이것도 힘이 아니면 무엇이랴. 시뻘겋게 상기한 눈이 살기를 띠고 명멸하는 황홀경 담벼락에 숨 쉬일 구멍을 찾았다. 그냥 벌벌 떨

• **푸더분하다** 푼더분하다. 생김새가 두툼하고 탐스럽다.

었다. 텅 비인 골 속에 회오리바람이 일어난 것같이 완전히 전후를 가리지 못하는 일개 그는 추잡한 취한•으로 화하고 말았다.

그때 마유미는 그의 귀에다 대고 속삭인다. 그는 목을 움칫하면서 혀를 내밀어 널름널름하여 보였다. 그러나저러나 너무 먹었나 보다. 취하기도 취하였거니와 이것은 배가 좀 너무 부르다.

"마유미, 무슨 이야기요?"

"저이가 거짓말쟁인 줄 제가 모르는 줄 아십니까? 알아요. (그래서?) 미술가라지요. 생딴전•을 해놓겠지요. 좀 타일러 주세요. 어림없이 그러지 말라구요. 이 마유미는 속는 게 아니라구요. 제가 이러는 게, 그야 좀 반하긴 반했지만…… 선생님은 아시지요? (알고말고) 어쨌든 저따위 끄나풀이 한 마리 있어야 삽니다. (뭐? 뭐?) 생각해 보세요. 그래 하룻밤에 3, 4원씩 벌어야 뭣에다 쓰느냐 말이에요. 화장품을 사나요, 옷감을 끊나요? 하긴 한두 번, 아니 여남은 번까지는 아주 비싼 놈으로 골라서 그 짓도 허지요. 하지만 허구한 날 화장품을 사나요, 옷감을 끊나요? 거 다 뭐 하나요? 얼마 못 가서 싫증이 납니다. 그럼 거지를 주나요? 아이구 참. 이 세상에서 제일 미운 게 거집니다. 그래두 저런 끄나풀을 한 마리 가지는 게 화장품이나 옷감보다는 훨씬 낫습니다. 좀처럼 싫증 나는

• **취한** 술에 취한 사람.
• **생딴전** 실제로 해야 하는 일과는 전혀 상관없이 하는 공연한 딴짓.

법이 없으니까요. 즉 남자가 외도하는…… 아니, 좀 다릅니다. 하여간 싸움을 해가면서 벌어다가 그날 저녁으로 저 끄나풀한테 빼앗기고 나면, 아니 송두리째 갖다 바치고 나면 속이 시원합니다. 구수합니다. 그러니까 저를 빨아먹고 있는 거미를 제 손으로 기르는 셈이지요. 그렇지만 또 '이 허전한 것을 저 끄나풀이 다소곳이 채워주거니' 하면 아까운 생각은커녕 제가 되려 거민가 싶습니다. 돈을 한 푼도 벌지 말면 그만이겠지만 인제 그만해도 이 생활이 살에 척 배어버려서 얼른 그만두기도 어렵고, 허자니 그러기는 싫습니다. 이를 북북 갈아 젖혀가면서 기를 쓰고 빼앗습니다."

양말, 그는 아내의 양말을 생각하여 보았다. 양말 사이에서는 신기하게도 밤마다 지폐와 은화가 나왔다. 50전짜리가 딸랑 하고 방바닥에 굴러떨어질 때 듣는 그 음향은 이 세상 아무것에도 비길 수 없는 가장 숭엄한 감각이 틀림없었다. '오늘 밤에 아내는 또 몇 개의 그런 은화를 정강이에서 뱉어놓으려나.' 그 북어와 같은, 종아리에 난 돈 자국. 돈이 살을 파고 들어가서 고놈이 아내의 정기를 속속들이 빨아내나 보다. 아, 거미. 잊어버렸던 거미.돈도 거미. 그러나 눈앞에 놓여 있는 너무나 튼튼한 쌍거미. 너무 튼튼하지 않으냐. 담배를 한 대 피워 물고, '참…… 아내야, 대체 내가 무엇인 줄 알고 죽지 못하게 이렇게 먹여 살리느냐?' 죽는 것, 사는 것. 그는 천하다. 그의 존재는 너무나 우스꽝스럽다. 스스로 지나치게 비웃는다.

그러나 두 시. 그 황홀한 동굴, 방을 향하여 걸음은 빠르다. 여러 골목을 지나, "윳야, 너는 너 갈 데로 가거라." 따뜻하고 밝은 들창과 들창을 볼 적마다 닭, 개, 소는 이야기로만, 그리고 그림엽서, 이런 펄펄 끓는 심지를 부여잡고 그 화끈화끈한 방을 향하여 쏟아지듯이 몰려간다. 전신의 피, 무게. 와 있겠지. 기다리겠지. 오래간만에 취한 실없는 사건. 허리가 녹아내리도록 '이 녀석, 이 녀석' 이 엉뚱한 발음. 숨을 힘껏 들이쉬어 두자. 숨을 힘껏 쉬어라. 그리고 참자. 에라. 그만 아주 미쳐버려라.

그러나 웬일일까. 아내는 방에서 기다리고 있지 않았다. 아하, 그날이 왔구나. 왜 갔는지 모르는 데 가버리는 날. 하필? 그러나 (왜 왔는지 알기 전에) 왜 갔는지 모르고 지내는 중에 너는 또 오려느냐. 내친걸음이다. 아니, 아주 닫아버릴까. 수챗구멍에 빠져서라도, 선불리 세상이 업신여기려도 업신여길 수 없도록. 트집거리를 주어서는 안 된다. R카페, 내일 A취인점이 고객을 초대하는 망년회를 열, 아내. 뚱뚱 주인이 받아가지고 간 내 인사. 이 저주받아야 할 R카페의 뒷문으로 하여 주춤주춤 그는 조—바•에 그의 협수룩한 꼴을 나타내었다. 조—바 내 다 안다. 너희들이 얼마에 사다가 얼마에 파나. 알면 무엇을 하나.

"여보, 안경 쓴 부인. 말 좀 물읍시다."

• 조—바 일본어인 듯하나 정확한 뜻을 알 수 없음.

(아이구 복작거리기도 한다. 이 속에서 어떻게들 사누) 부인은 통신부•같이 생긴 종잇조각에 차례차례 도장을 하나씩만 찍어준다. 아내는 일상 말하였다. 얼마를 벌든지 1원씩만 갚는 법이라고. 딴은 무이자다. 어째서 무이자냐? (아느냐) 돈이 갚잖더냐? 그야말로 도통을 하였느냐?

"나미꼬 어데 있습니까?"

"댁에서 오셨나요? 지금 경찰서에 가 있습니다."

"뭘 잘못했나요?"

'아 아니, 이거 어째 이렇게 칠칠치가 못할까'는 듯이 칼을 들고 나온 쿡•이 똑똑이 잘 들으라는 이야기다.

아내는 층계에서 굴러떨어졌다.

"넌 왜 요렇게 빼빼 말랐니?"

"아야 아야, 놓으세요."

"말 좀 해봐."

"아야 아야, 놓으세요. (눈물이 핑 돌면서) 당신은 왜 그렇게 양돼지 모양으로 살이 쪘소오?"

"뭐이 양돼지?"

"양돼지가 아니고……."

• **통신부** '학교생활기록부'의 전 용어.
• **쿡** 요리사.

"에이, 발칙한 것!"

그래서 발길로 차였고, 차여서는 층계에서 굴러떨어졌고, 굴러떨어졌으니 분하고…… 모두 분하다.

"과히 다치지는 않았지만 그런 놈은 버릇을 좀 가르쳐주어야 하느니. 그래 경관은 내가 불렀소이다."

말라깽이라고 그런 점잖은 손님의 농담에 어찌 외람히 말대꾸를 하였으며, 말대꾸도 유분수•지 양돼지라니. 그래 생각해 보아라. 네가 말라깽이가 아니고 무엇이냐. 암, 나라도 양돼지라는 소리를 듣고는, 아니 말라깽이라는 소리를 듣고는, 아니 양돼지라는 소리를 듣고는, 아니다 아니다 말라깽이 소리를 듣고는, 나도 사실은 말라깽이지만 그저 있을 수 없다. 양돼지라 그래 줄밖에. 아니 그래, 양돼지라니. 그런 괘씸한 소리를 듣고 내가 손님이라면, 아니 내가 여급이라면, 당치 않은 말. 내가 손님이라면 그냥 패주겠다. 그렇지만 아내야, 양돼지 소리 한마디만은 잘했다. 그러니까 걷어차였지. 아니 나는 대체 누구 편이냐? 누구 편을 들고 있는 셈이냐? 그 대그락대그락하는 몸이 은근히 다쳤겠지. 접시 깨지듯 했겠지. 아프다. 아프다. 앞이 다 캄캄하여지기 전에 사부로•가 씨근씨근 왔다. 남편 되는 이더러 오란단다.

• **유분수** 마땅히 지켜야 할 사람으로서의 한계가 있음.
• **사부로** 일본인 이름.

"바로 나요."

"마침 잘되었습니다."

"나쁜 놈입니다. 고소하세요."

여급들과 뽀이•들과 이다바•들의 동정은 실로 나미꼬 일신 위에 집중되어 형세 자못 온건치 않은 것이었다.

경찰서 숙직실. 이상하다. 우선 경부보•와 순사, 그리고 吳, R카페 뚱뚱 주인, 그리고 과연 양돼지와 같은 범인. (저건 나라도 양돼지라고 자칫 그러기 쉬울걸) 그리고 난로 앞에 새파랗게 질린 채 쪼그리고 앉아 있는 생쥐만 한 아내. 그는 얼빠진 사람 모양으로 이 진기한, 도저히 있을 법하지 않은 콤비네이션을 몇 번이고 두루 살펴보았다. 그는 비칠비칠• 그 양돼지 앞으로 가서 그 개기름 흐르는 얼굴을 한참이나 들여다보더니 떠억 "당신입디까?" "당신입디까?" 아마 안면이 무던히 있나 보다. 서로 쳐다보며 방그레 웃는 속•이. 그러나 아내야 가만있자…… 제발 울음을 그쳐라. 어디 이야기나 좀 해보자꾸나. '후—' 한숨을 내쉬고 났더니 멈췄던 취기가 한꺼번에 치밀어 올라오면서 그는 금시로 그 자리에 쓰러질 것 같았다. 와이셔츠 자락이 바지 밖으로 나온 이 양돼지에게 말

- **뽀이** 식당이나 호텔 등에서 손님을 접대하는 남자.
- **이다바** 조리사.
- **경부보** 대한제국 때에, 경부의 아래, 순사부장의 위에 있던 경찰관.
- **비칠비칠** 비틀비틀. 비실비실.
- **속** 사람이나 사물을 대하는 자세나 태도.

을 건넨다.

"뵈옵기에 퍽 몸이 약하신데요?"

"딴 말씀."

"딴 말씀이라니?"

"딴 말씀이지."

"딴 말씀이지라니?"

"허, 딴 말씀이라니까."

"허, 딴 말씀이라니까라니?"

그때 참다 못하여 경부보가 소리를 질렀다. 그리고 그대가 나미꼬의 정당한 남편인가, 이름은 무엇인가, 직업은 무엇인가 하는 질문에는 질문마다 그저 한없이 공손히 고개를 숙여주었을 뿐이었다. 고개만 그렇게 공연히 숙였다 치켰다 할 것이 아니라, 그대는 그래 고소할 터인가, 즉 말하자면 이 사람을 어떻게 하였으면 좋겠는가? 그렇습니다. (당신들 눈에 내가 구더기만큼이나 보이겠소? 이 사람을 어떻게 하였으면 좋을까는 내가 모르면 경찰이 알겠거니와, 그래 내가 하라는 대로 하겠다는 말이오?) 지금 내가 어떻게 하였으면 좋을까는 누구에게 물어보아야 되나요? 거기 섰는 吳, 그리고 내 아내의 주인, 나를 위하여 가르쳐주소. 어떻게 하였으면 좋으리까? 눈물이 어느 사이에 뺨을 흐르고 있었다. 술이 점점 더 취하여 들어온다. 그는 이 자리에서 어떻다고 차마 입을 벌릴 정신도 용기도 없었다. 吳와 뚱뚱 주인이 그의 어깨를 건드리며 위로한다.

"다른 사람이 아니라 우리 A취인점 전무야. 술 취하면 개라니. 그렇게만 알게나그려. 자네도 알다시피 내일 망년회에 전무가 없으면 사장이 없는 것 이상이야. 잘 화해할 수는 없나?"

"화해라니? 누구를 위해서?"

"친구를 위하여."

"친구라니?"

"그럼 우리 점을 위해서."

"자네가 사장인가?"

그때 뚱뚱 주인이,

"그럼 당신 아내를 위하여."

백 원씩 두 번을 얻어 썼다. 남은 것이 백오십 원. 잘 알아들었다. 나를 위협하는 모양이구나.

"이건 동화지만 세상에는 어쨌든 이런 일도 있소. 즉 백 원이 석 달 만에 꼭 오백 원이 되는 이야긴데, 꼭 되었어야 할 오백 원이 그게 넉 달이었기 때문에 감쪽같이 한 푼도 없어져 버린 신기한 이야기요. (吳야, 내가 좀 치사스러우냐) 자, 이런 일도 있는데 일개 여급 발길로 차는 것쯤이야 팥고물이 아니고 무엇이겠소? (그러나 吳야, 일없다 일없다) 자, 나는 가겠소. 왜들 이렇게 성가시게 구느냐. 나는 아무것에도 참견하기 싫다. 이 술을 곱게 삭이고 싶다. 나를 보내주시오. 아내를 데리고 가겠소. 그리고 다 마음대로 하시오."

밤. 홍수가 고갈한 최초의 밤. 신기하게도 건조한 밤이었다. 아내야, 너는 이 이상 더 야위어서는 안 된다. 절대로 안 된다. 명령해 둔다. 그러나 아내는 참새 모양으로 깽깽 신열*까지 내어가면서 날이 새도록 앓았다. 그 곁에서 그는, 이것은 너무나 염치없이, 씨근씨근 쓰러지자마자 잠이 들어버렸다. 안 골던 코까지 골고. 아, 정말 양돼지는 누구냐. 너무 피곤하였던 것이다. 그냥 기가 막혀버렸던 것이다.

그동안, 긴 시간.

아내는 아침에 나갔다. 사부로가 부르러 왔기 때문이다. 경찰서로 간단다. 그도 오란다. 모든 것이 귀찮았다. 다리 저는 아내를 억지로 내어보내 놓고 그는 인간 세상의 하품을 한번 커다랗게 하였다. 한없이 게으른 것이 역시 제일이구나. 첩첩이 덧문을 닫고 앓는 소리 없는 방 안에서 이번에는 정말, 제발 될 수 있는 대로 아내는 오래 걸려서 이따가 저녁때나 되거든 돌아왔으면 그러든지, 경우에 따라서는 아내가 아주 가버리기를 바라기조차 하였다. 두 다리를 쭉 뻗고 깊이깊이 잠이 좀 들어보고 싶었다.

오후 두 시. 10원 지폐가 두 장이었다. 아내는 그 앞에서 연해 해죽거렸다.

"누가 주더냐?"

* **신열** 병으로 인하여 오르는 몸의 열.

"당신 친구 吳씨가 줍디다."

吳 吳 역시 吳로구나. (그게 네 백 원 꿀떡 삼킨 동화의 주인공이다) 그리운 지난날의 기억들. 변한다, 모든 것이 변한다. 아무리 그가 방 덧문을 첩첩 닫고 일 년 열두 달을 수염도 안 깎고 누워 있다 하더라도 세상은 그 잔인한 '관계'를 가지고 담벼락을 뚫고 스며든다. 오래간만에 잠다운 잠을 참 한잠 늘어지게 잤다. 머리가 차츰차츰 맑아 들어온다.

"吳가 주더라? 그래, 뭐라고 그러면서 주더냐?"

"전무가 술이 깨서 참 잘못했다고 사과하더라고."

"너, 대체 어디까지 갔다 왔느냐?"

"조—바까지."

"잘한다. 그래, 그걸 넙죽 받았느냐?"

"안 받으려다가 정 잘못했다고 그러드라니까."

그럼 吳의 돈은 아니다. 아니 10원씩 추렴•인가? 이런 때 왜 그의 머리는 맑은가. 그냥 흐려서 아무것도 생각할 수 없이 되어버렸으면 자히• 좋겠나.

망년회 오후. 고소. 위자료. 구더기. 구더기만도 못한 인간. 아내는 아프다면서 재재대인다.•

- **추렴** 여럿이 각각 얼마씩의 돈을 내어 거둠.
- **자히** 장히. 매우, 몹시.
- **재재대다** 조금 수다스럽게 자꾸 재잘거리다.

"공돈이 생겼으니 써버립시다. 오늘은 안 나갈 테야. (멍든 데 고약 사 바를 생각은 꿈에도 하지 않고) 내일 낮에 치마가 한 감, 저고리가 한 감……. (뭣이 하나, 뭣이 하나) (그래서 10원은 까불린 다음) 남저지• 10원은 당신 구두 한 켤레 맞춰주기로."

마음대로 하려무나. 나는 졸립다. 졸려 죽겠다. 코를 풀어버리더라도 내게 의논 말아. 지금쯤 R회관 삼층에 얼마나 장중한 연회가 열렸을 것이며, 양돼지 전무는 와이셔츠를 접어 넣고 얼마나 점잖을 것인가. 유치장에서 연회로 (공장에서 가정으로) 20원짜리, 200여 명, 칠면조, 햄, 소시지, 비겨•, 양돼지, 1년 전 2년 전 10년 전, 수염, 냉회•와 같은 것, 남은 것, 뼈다귀, 지저분한 자국과 무엇이 남았느냐. 닫은 1년 동안, 산 채 썩어 들어가는 그 앞에 가로 놓인 아가리가 딱 벌린 일월이었다.

위로가 될 수 있었나 보다. 아내는 혼곤히 잠이 들었다. 전등이 딱들 하다는 듯이 물끄러미 내려다보고 있다. 진종일을 물 한 모금 마시지 않았다. 20원 때문에 그들 부부는 먹어야 한다는 철칙을, 그 장중한 법률을 완전히 거역할 수 있었다.

이것이, 지금 이 기괴망측한 생리 현상이, 즉 배가 고프다는 상태렷다. 배가 고프다. 한심한 일이다. 부끄러운 일이었다. 그러나

• 남저지 나머지.
• 비겨 정확한 뜻을 알 수 없음. '비계'로 추정.
• 냉회 불기운이 전혀 없는 차가워진 재.

吳. 네 생활에 내 생활을 비교하여, 아니 내 생활에 네 생활을 비교하여 어떤 것이 진정 우수한 것이냐. 아니 어떤 것이 진정 열등한 것이냐. 외투를 걸치고 모자를 얹고, 그리고 잊어버리지 않고 20원을 주머니에 넣고 집(방)을 나섰다. 밤은 안개로 하여 흐릿하다. 공기는 제대로 썩어 들어가는지 쉬척지근하다•. 또, 과연 거미다. (환투) 그는 그의 손가락을 코밑에 가져다가 가만히 맡아보았다. 거미 내음새는, 그러나 20원을 요모조모 주무르던 그 새금한 지폐 내음새가 참 그윽할 뿐이었다. 요 새금한 내음새. 요것 때문에 세상은 가만있지 못하고 생사람을 더러 잡는다. 더러가 뭐냐. 얼마나 많이 축을 내나. 가다듬을 수 없는 어지러운 심정이었다. 거미, 그렇지, 거미는 나밖에 없다. 보아라. 지금 이 거미의 끈적끈적한 촉수가 어디로 몰려가고 있나. 쭉 소름이 끼치고 식은땀이 내솟기 시작이다.

노한 촉수, 마유미, 吳의 자신 있는 계집, 끄나풀, 허전한 것…… 수단은 없다. 손에 쥐인 20원. 마유미. 10원은 술 먹고 10원은 팁으로 주고. 그래서 마유미가 응하지 않거든 예의 양돼지라고 그래 버리지. 그래도 그만이라면 20원은 그냥 날아가 헛되다. 그러나 어떠냐, 공돈이 아니냐. 전무는 한 번만 더 아내를 층계에서 굴러 떨어뜨려 주려무나. 또 20원이다. 10원은 술값, 10원

• 쉬척지근하다 몹시 상해서 썩은 듯하다.

은 팁. 그래도 마유미가 응하지 않거든 양돼지라고 그래 주고. 그래도 그만이면 20원은 그냥 뜨는 것이다. 부탁이다. 아내야, 또 한번 전무 귀에다 대고 '양돼지' 그래라. 걷어차거든 두말 말고 층계에서 내리굴러라.

《중앙》 1936년 6월호에 실린 글을 바탕으로 함.

작품 이해하기

〈지주회시〉는 《중앙》 1936년 6월호에 발표되었다. 이상의 소설 가운데 그의 연애사를 다룬 작품이 여러 편인데, '금홍 계열'과 '정희 계열'로 나눌 수 있다. 〈지주회시〉는 〈날개〉, 〈봉별기〉로 이어지는 '금홍 계열'의 첫머리에 놓이는 작품이다.

이 소설은 어느 크리스마스 오후부터 그다음 날 오후까지 단 하루 동안 벌어지는 이야기를 다룬다. 주인공인 '그'는 집 방구석에만 박혀 있는 무직자로, 술집에 일을 나가는 아내에게 얹혀사는 무능력자이다. 아내는 크리스마스이니 모처럼 밖에 나가라 하고, 그는 아내의 말을 따라 오랜만에 집을 나선다.

그가 찾아간 곳은 오랜 친구였던 오(吳)의 취인점 사무실이다. 그와 吳는 십년지기로 한때 함께 예술가의 꿈을 꾸었지만 吳는 집안의 반대로 예술가의 꿈을 접고 취인점에서 일하게 되었다. 그는 吳가 돈을 불려준다는 말을 믿고 아내가 일하는 술집인 R회관의 뚱뚱보 주인에게 아내의 몸값을 빌려 투자를 하지만 吳는 그 돈을 떼어먹고 만다. 하지만 그는 그런 吳에게 아무런 소리를 하지 못하는 처지다.

그와 吳는 취인점을 나서서 술집에 가 술을 마신다. 술을 마시며 吳가 만나고 있는 여급 마유미에게서 吳가 마유미를 빨아먹듯 마유미 역시 吳를 빨아먹고 있다는 이야기를 듣는다. 밤늦게 귀가한 주인공은 집에 아내가 돌아오지 않아 R회관에 찾으러 가고, 거기서 아내가 손님의 발길에 차여 계단에서 굴렀다는 말을 듣는다.

경찰서에 끌려갔다는 말을 따라 경찰서 숙직실을 찾은 그는 거기서 돼지 같은 인물들에 둘러싸여 새파랗게 질려 있는 아내를 발견한다. 어찌할 바 모르다가 겨우 집으로 돌아온 그와 아내는 지쳐 잠이 드는데, 아내는 밤새 앓는다. 이튿날 아내는 吳가 불러내어 나가고 吳와 만난 자리에서 합의금으로 20원을 받아 돌아온다. 공돈이 생겼다며 그것을 쓸 궁리를 하다 잠든 아내를 뒤로하고 주인공은 20원을 몰래 챙겨 들고 나가 마유미와 술을 마시러 간다.

크리스마스를 시간적 배경으로 삼았다는 점에서, 그리고 부부 사이의 사랑을 이야기한다는 점에서 미국의 소설가 오 헨리의 〈크리스마스 선물〉을 떠올리게 한다. 하지만 〈크리스마스 선물〉이 두 연인이 서로의 희생을 대가로 얻은 선물을 통해 사랑의 소중함을 확인하는 이야기라면, 이상의 〈지주회시〉는 크리스마스라는 소재를 공유하면서도 오히려 사랑을 부정하고 스스로 기꺼이 타락해 가는 주인공의 모습을 통해 자본주의적 착취의 한 모습을 보여준다.

작품 깊이읽기

어렵고 낯선 제목

지주회시(鼅鼄會豕). 지주(鼅鼄)는 모두 거미를 뜻하는 한자어이다. 보통은 거미를 '지주(蜘蛛)'라고 쓰는데, 이상은 더 어려운 한자를 써서 낯설게 느끼게 했다. '시(豕)'도 마찬가지다. 보통 돼지는 한자어 '저(豬)'를 사용하는데, 단독으로는 잘 쓰지 않는 부수자 '돼지 시(豕)'를 썼다. '회(會)'는 '만나다'라는 뜻이다. 그러니까 제목을 풀이하면 '거미와 돼지가 만나다.'이다.

이러한 제목이 의미하는 바는 무엇일까? 그것은 거미와 돼지의 관계, 즉 자본주의 사회에서 서로를 이용하고 파괴하는 인간관계를 상징한다. 아내의 몸값을 받아 투기하려는 주인공과 아내의 관계, 돈을 둘러싼 주인공과 친구 오(吳)의 대립, 전무에게서 돈을 긁어내려는 아내의 술책……. 이는 등장인물 모두가 서로를 착취 혹은 이용의 대상으로 여기고 있다는 점에서 자본주의 사회의 폐해를 상징적으로 보여준다.

전반부와 후반부

전반부는 주인공 그와 그의 아내의 관계, 그리고 그와 친구인 吳의 관계를 두 축으로 한다. 그런데 이들의 관계는 모두 신뢰를 저버린 속임수로 이루어진다. 아내는 그를 속이고 가출과 귀가를 반복한다. 하지만 그는 아내를 버리지 못하고, 아내 역시 그를 떠나지 못한다. 서로가 '거미'가 되어 서로를 빨아먹는 관계, 이 둘 사이의 관계는 '사랑의 실패'를 상징한다.

그와 그의 친구 吳는 한때 그림을 그리는 예술가의 꿈을 나눈 사이지만, 吳는 취인점에 취직해 돈벌이를 좇는 인간으로 타락하고, 심지어 그를 충동질해 그의 아내가 있는 술집 R회관의 뚱뚱보 주인에게 돈을 빌려 투기를 하게 만든다. 吳는 그가 아내의 몸값으로 투기한 돈을 떼어먹고 마는데, 그와 吳의 이러한 관계는 '우정의 실패'를 상징한다.

후반부는 주인공과 아내가 吳를 비롯한 돼지들에게 핍박받고 착취당하는 과정을 보여준다. 그는 吳와 술을 마시다 귀가한 자리에서 아내가 손님의 발에 차여 계단에서 굴렀다는 것을 알게 되고, 아내를 찾으러 경찰서에 간다. 경찰서에서 피해자인 아내는 궁지에 몰려 있고 가해자인 손님과 그 일행이 기세등등한 것에 어찌할 바 모르다 아내를 데리고 집에 온다. 여기서 그와 아내로 대표되는 거미의 세계가 吳와 뚱뚱보 주인으로 대표되는 돼지의 세계와 서로 겹쳐지며 거미를 빨아먹는 돼지들의 모습이 그려진다. 소설의 마지막 부분에서 주인공은 아내의 폭행 합의금인 20원을 가로채어 술집 여급인 마유미를 만나러 가는데, 이는 주인공의 정신적 타락을 상징적으로 보여주는 마무리이다.

거미와 거미, 거미와 돼지

소설 속 인물들은 서로가 서로에게 거미 같은 존재이다. 그와 아내, 吳와 마유미는 서로를 빨아먹고 산다. 서로의 필요 때문에 착취하고 착취당한다. 그렇지만 '거미'와 '돼지'의 관계로 확대해서 살펴보면 그와 아내는 거미의 자리에, 吳와 마유미와 그 주위 인물들은 돼지에 자리에 놓인다.

이 점은 인물의 묘사를 통해서 확인할 수 있다. 그와 아내는 둘 다 말라깽이로 그려진다. 반면 吳와 마유미, R회관의 뚱뚱보 주인 등은 모두 살이 잘 오른 뚱뚱보로 그려진다. 吳는 야윈 모습으로 묘사되고 있지만, 그에게는 없는 강력한 생기를 품고 있다.

자본주의적 착취 관계로 설명하면 하층에 속하는 그와 아내가 거미로, 상층에 속하는 吳와 뚱뚱보 주인, 마유미(마유미는 여급으로 하층에 속하는 인물이지만 풍요롭게 묘사된다.)는 돼지라고 할 수 있다.

거미로 대표되는 그와 아내가 돼지로 대표되는 吳와 R카페의 뚱뚱보 주인, 그리고 아내를 걷어찬 취인점 상무와 마주한 경찰서 숙직실은 거미와 돼지가 마주한 자리이다. 아내는 발로 차였으니 피해자인데 얼빠진 채 새파랗게 질려 쪼그라든다. 취인점 상무는 발로 찼으니 가해자인데 무던하게 웃으며 화해를 요구한다. 상무 앞에서 그는 무기력하게 눈물만 흘릴 뿐이다.

층계에서 굴러떨어진 아내

① 그날 밤에 그의 아내가 층계에서 굴러떨어지고

② 그날 밤에도 아내는 멋없이 층계에서 굴러떨어졌다. 못났다.

③ 걷어차거든 두말 말고 층계에서 내리굴러라.

①은 소설의 첫 문장이다. ②는 소설의 중간(2부의 시작), ③은 소설의 마지막 문장이다. 아내가 층계에서 굴러떨어진 사건은 이 작품의 모티프이자 결정적 사건이며 이야기를 끌어가는 동력이다.

①은 객관적이고 사실적인 진술에 가깝다. 그에 비해 ②는 '멋없이'와 '못났다'라는 가치평가가 개입되어 있다. 그가 보기에 아내가 굴러떨어진 것이 '멋없고 못난 일'이다. 돼지들의 폭력에 맥없이 당하기만 하기 때문이다. 그런데 ③에 이르러 '아내의 굴러떨어짐'에 대한 태도가 바뀐다. 그는 아내에게 또 굴러떨어질 일이 생기면 두말 말고 구르라고 한다. 그 이유는 무엇인가? 아내가 굴러떨어진 다음에 吳가 합의금으로 20원을 줌으로써 몸을 밑천 삼아 돈을 버는 자본주의적 양식에 부합되었기 때문이다. 즉 그는 아내의 몸이 망가지더라도 돈을 벌 수 있다면 그걸로 된다는 것이다. 결국 마지막 문장은 주인공의 정신적인 타락을 상징한다.

이렇게 볼 때, 이 소설은 '아내가 층계에서 굴러떨어진 사건'을 다루면서 주인공이 인간 이하로 굴러떨어지는 과정을 다룬다. 아내의 물리적 추락이 그의 심리적 타락으로 이어지는 것이다.

지 주 회 시

날 개

봉 별 기

종 생 기

날개

박제가 되어버린 천재를 아시오? 나는 유쾌하오. 이런 때 연애까지가 유쾌하오.

육신이 흐느적흐느적하도록 피로했을 때만 정신이 은화처럼 맑소. 니코틴이 내 횟배• 앓는 배 속으로 스미면 머릿속에 으레 백지가 준비되는 법이오. 그 위에다 나는 위트와 패러독스를 바둑 포석처럼 늘어놓소. 가공할 상식의 병이오.

나는 또 여인과 생활을 설계하오. 연애 기법에마저 서먹서먹해진, 지성의 극치를 흘깃 좀 들여다본 일이 있는, 말하자면 일종의 정신분일자• 말이오. 이런 여인의 반(그것은 온갖 것의 반이오)만을 영수하는 생활을 설계한다는 말이오. 그런 생활 속에 한 발만 들여놓고 흡사 두 개의 태양처럼 마주 쳐다보면서 낄낄거리는 것이오. 나는 아마 어지간히 인생의 제행•이 싱거워서 견딜 수가 없게끔 되

• **횟배** 회충으로 인한 배앓이.
• **정신분일자** 제정신이 아닌 사람.

고 그만둔 모양이오. 굿바이.

굿바이. 그대는 이따금 그대가 제일 싫어하는 음식을 탐식하는 아이러니를 실천해 보는 것도 좋을 것 같소. 위트와 패러독스와…….

그대 자신을 위조하는 것도 할 만한 일이오. 그대의 작품은 한 번도 본 일이 없는 기성품에 의하여 차라리 경편하고• 고매하리다.

19세기는 될 수 있거든 봉쇄하여 버리오. 도스토옙스키 정신이란 자칫하면 낭비일 것 같소. 위고를 불란서의 빵 한 조각이라고는 누가 그랬는지 지언•인 듯싶소. 그러나 인생 혹은 그 모형에 있어서 디테일 때문에 속는다거나 해서야 되겠소? 화(禍)를 보지 마오. 부디 그대께 고하는 것이니…….

테이프가 끊어지면 피가 나오. 상처도 머지않아 완치될 줄 믿소. 굿바이.

감정은 어떤 포즈. (그 포즈의 소(素)만을 지적하는 것이 아닌지나 모르겠소) 그 포즈가 부동자세에까지 고도화할 때 감정은 딱 공급을 정지합네다.

나는 내 비범한 발육을 회고하여 세상을 보는 안목을 규정하였소.

• **제행** 모든 행위.
• **경편하다** 가볍고 편하거나 손쉽고 편리하다.
• **지언** 지극히 당연한 말. 또는 지극히 좋거나 중요한 말.

여왕봉•과 미망인, 세상의 하고 많은 여인이 본질적으로 이미 미망인 아닌 이가 있으리까? 아니, 여인의 전부가 그 일상에 있어서 개개 미망인이라는 내 논리가 뜻밖에도 여성에 대한 모독이 되오? 굿바이.

그 33번지라는 것이 구조가 흡사 유곽•이라는 느낌이 없지 않다. 한 번지에 18가구가 죽— 어깨를 맞대고 늘어서서 창호가 똑같고 아궁이 모양이 똑같다. 게다가 각 가구에 사는 사람들이 송이송이 꽃과 같이 젊다. 해가 들지 않는다. 해가 드는 것을 그들이 모른 체하는 까닭이다. 턱살• 밑에다 철 줄을 매고 얼룩진 이부자리를 널어 말린다는 핑계로 미닫이에 해가 드는 것을 막아버린다. 침침한 방 안에서 낮잠들을 잔다. 그들은 밤에는 잠을 자지 않나? 알 수 없다. 나는 밤이나 낮이나 잠만 자느라고 그런 것은 알 길이 없다. 33번지 18가구의 낮은 참 조용하다.

조용한 것은 낮뿐이다. 어둑어둑하면 그들은 이부자리를 걷어 들인다. 전등불이 켜진 뒤의 18가구는 낮보다 훨씬 화려하다. 저물도록 미닫이 여닫는 소리가 잦다. 바빠진다. 여러 가지 내음

• **여왕봉** 여왕벌.
• **유곽** 매춘(돈을 받고 몸을 팖) 영업을 하는 집이 모여 있는 곳.
• **턱살** 창살. 창문에 가로 세로로 지른 가는 나뭇조각.

새가 나기 시작한다. 비웃[•] 굽는 내, 탕고도란[•]내, 뜨물[•] 내, 비눗내…….

그러나 이런 것들보다도 그들의 문패가 제일로 고개를 끄덕이게 하는 것이다. 이 18가구를 대표하는 대문이라는 것이 일각이 져서[•] 외따로 떨어지기는 했으나, 있다. 그러나 그것은 한 번도 닫힌 일이 없는, 행길[•]이나 마찬가지 대문인 것이다. 온갖 장사치들은 하루 가운데 어느 시간에라도 이 대문을 통하여 드나들 수가 있는 것이다. 이네들은 문간에서 두부를 사는 것이 아니라, 미닫이만 열고 방에서 두부를 사는 것이다. 이렇게 생긴 33번지 대문에 그들 18가구의 문패를 몰아다 붙이는 것은 의미가 없다. 그들은 어느 사이엔가 각 미닫이 위 백인당(百忍堂)이니 길상당(吉祥堂)이니[•] 써 붙인 한 곁에다 문패를 붙이는 풍속을 가져버렸다.

내 방 미닫이 위 한 곁에 칼표[•] 딱지[•]를 넷쯤 연결한 것만 한 내,

- **비웃** 청어.
- **탕고도란** 일제강점기 때 화장품 재료의 하나인 '탕고도랑'.
- **뜨물** 곡식을 씻어내 부옇게 된 물.
- **일각이 져서** 일각대문으로 이루어져서. 일각대문은 '대문간이 따로 없이 양쪽에 기둥을 하나씩 세워서 문짝을 단 대문.
- **행길** 한길. 사람이나 차가 많이 다니는 넓은 길.
- **백인당, 길상당** '백인'은 '온갖 어려움을 참고 견디어 냄', '길상'은 '운수가 좋을 조짐'을 이르는 말.
- **칼표** 1897년부터 청나라를 통해 들어온 영국 담배 'PIRATE'. 해적이 칼을 들고 있는 담뱃갑 그림 때문에 '칼표 담배'라고 불렸다.
- **딱지** 담뱃갑에 든 여러 가지의 그림 딱지.

아니 내 아내의 명함이 붙어 있는 것도 이 풍속을 좇은 것이 아닐 수 없다.

나는 그러나 그들의 아무와도 놀지 않는다. 놀지 않을 뿐만 아니라 인사도 않는다. 나는 내 아내와 인사하는 외에 누구와도 인사하고 싶지 않았다.

내 아내 외의 다른 사람과 인사를 하거나 놀거나 하는 것은 내 아내 낯을 보아 좋지 않은 일인 것만 같이 생각이 들었기 때문이다. 나는 이만큼 까지 내 아내를 소중히 생각한 것이다.

내가 이렇게까지 내 아내를 소중히 생각한 까닭은 이 33번지 18가구 가운데서 내 아내가 내 아내의 명함처럼 제일 작고 제일 아름다운 것을 안 까닭이다. 18가구에 각기 별러• 들은 송이송이 꽃들 가운데서도 내 아내는 특히 아름다운 한 떨기의 꽃으로, 이 함석지붕 밑 볕 안 드는 지역에서 어디까지든지 찬란하였다. 따라서 그런 한 떨기 꽃을 지키고, 아니 그 꽃에 매달려 사는 나라는 존재가 도무지 형언할 수 없는 거북살스러운 존재가 아닐 수 없었던 것은 물론이다.

나는 어디까지든지 내 방이(집이 아니다. 집은 없다) 마음에 들었

• **벼르다** 어떤 일을 이루려고 마음속으로 준비를 단단히 하고 기회를 엿보다.

다. 방 안의 기온은 내 체온을 위하여 쾌적하였고, 방 안의 침침한 정도가 또한 내 안력*을 위하여 쾌적하였다. 나는 내 방 이상의 서늘한 방도 또 따뜻한 방도 희망하지 않았다. 이 이상으로 밝거나 이 이상으로 아늑한 방은 원하지 않았다. 내 방은 나 하나를 위하여 요만한 정도를 꾸준히 지키는 것 같아 늘 내 방에 감사하였고, 나는 또 이런 방을 위하여 이 세상에 태어난 것만 같아서 즐거웠다.

그러나 이것은 행복이라든가 불행이라든가 하는 것을 계산하는 것은 아니었다. 말하자면 나는 내가 행복하다고도 생각할 필요가 없었고, 그렇다고 불행하다고도 생각할 필요가 없었다. 그냥 그날 그날을 그저 까닭 없이 펀둥펀둥* 게으르고만 있으면 만사는 그만이었던 것이다.

내 몸과 마음에 옷처럼 잘 맞는 방 속에서 뒹굴면서 축 처져 있는 것은 행복이니 불행이니 하는 그런 세속적인 계산을 떠난 가장 편리하고 안일한, 말하자면 절대적인 상태인 것이다. 나는 이런 상태가 좋았다.

이 절대적인 내 방은 대문간에서 세어서 똑 일곱째 칸이다. 럭키 세븐의 뜻이 없지 않다. 나는 이 일곱이라는 숫자를 훈장처럼

- **안력** 시력.
- **펀둥펀둥** 아무 일도 하지 않고 뻔뻔스럽게 놀기만 하는 모양.

사랑하였다. 이런 이 방이 가운데 장지•로 말미암아 두 칸으로 나뉘어 있었다는 그것이 내 운명의 상징이었던 것을 누가 알랴?

아랫방은 그래도 해가 든다. 아침결에 책보•만 한 해가 들었다가 오후에 손수건만 해지면서 나가버린다. 해가 영영 들지 않는 윗방이 즉 내 방인 것은 말할 것도 없다. 이렇게 '볕 드는 방이 아내 방이요, 볕 안 드는 방이 내 방이요.' 하고 아내와 나 둘 중에 누가 정했는지 나는 기억하지 못한다. 그러나 나에게는 불평이 없다.

아내가 외출만 하면 나는 얼른 아랫방으로 와서 그 동쪽으로 난 들창을 열어놓고, 열어놓으면 들이비치는 볕살이 아내의 화장대를 비춰 가지각색 병들이 아롱이 지면서 찬란하게 빛나고, 이렇게 빛나는 것을 보는 것은 다시없는 내 오락이다. 나는 조그만 돋보기를 꺼내가지고 아내만이 사용하는 지리가미•를 그슬러 가면서 불장난을 하고 논다. 평행광선을 굴절시켜서 한 초점에 모아가지고 그 초점이 따근따근해지다가 마지막에는 종이를 그슬리기 시작하고, 가느다란 연기를 내면서 드디어 구멍을 뚫어놓는 데까지에 이르는, 그 얼마 안 되는 동안의 초조한 맛이 죽고 싶을 만치

• 장지 방과 방 사이, 또는 방과 마루 사이에 칸을 막아 끼우는 문.
• 책보 책을 싸는 보자기.
• 지리가미 '휴지'를 뜻하는 일본말.

내게는 재미있었다.

이 장난이 싫증이 나면 나는 또 아내의 손잡이 거울을 가지고 여러 가지로 논다. 거울이란 제 얼굴을 비출 때만 실용품이다. 그 외의 경우에는 도무지• 장난감인 것이다.

이 장난도 곧 싫증이 난다. 나의 유희심•은 육체적인 데서 정신적인 데로 비약한다. 나는 거울을 내던지고 아내의 화장대 앞으로 가까이 가서 나란히 늘어 놓인 그 가지각색의 화장품 병들을 들여다본다. 그것들은 세상의 무엇보다도 매력적이다. 나는 그중의 하나만을 골라서 가만히 마개를 빼고 병 구멍을 내 코에 가져다 대고 숨죽이듯이 가벼운 호흡을 하여 본다. 이국적인 센슈얼한 향기가 폐로 스며들면 나는 저절로 스르르 감기는 내 눈을 느낀다. 확실히 아내의 체취의 파편이다. 나는 도로 병마개를 막고 생각해 본다. 아내의 어느 부분에서 요 냄새가 났던가를……. 그러나 그것은 분명하지 않다. 왜? 아내의 체취는 요기 늘어섰는 가지각색 향기의 합계일 것이니까.

아내의 방은 늘 화려하였다. 내 방이 벽에 못 한 개 꽂히지 않은 소박한 것인 반대로, 아내 방에는 천장 밑으로 쫙 돌려 못이 박히

• 도무지 이러니저러니 할 것 없이 아주.
• 유희심 장난치며 놀고 싶은 마음.

고 못마다 화려한 아내의 치마와 저고리가 걸렸다. 여러 가지 무늬가 보기 좋다. 나는 그 여러 조각의 치마에서 늘 아내의 동체•와 그 동체가 될 수 있는 여러 가지 포즈를 연상하고 연상하면서 내 마음은 늘 점잖지 못하다.

그렇건만 나에게는 옷이 없었다. 아내는 내게는 옷을 주지 않았다. 입고 있는 코르덴 양복 한 벌이 내 자리옷•이었고 통상복과 나들이옷을 겸한 것이었다. 그리고 하이넥의 스웨터가 한 조각 사철을 통한 내 내의다. 그것들은 하나같이 다 빛이 검다. 그것은 내 짐작 같아서는 즉 빨래를 될 수 있는 데까지 하지 않아도 보기 싫지 않도록 하기 위한 것이 아닌가 한다. 나는 허리와 두 가랑이 세 군데 다 고무밴드가 끼어 있는 부드러운 사루마다•를 입고 그리고 아무 소리 없이 잘 놀았다.

어느덧 손수건만 해졌던 볕이 나갔는데 아내는 외출에서 돌아오지 않는다. 나는 요만 일에도 좀 피곤하였고 또 아내가 돌아오기 전에 내 방으로 가 있어야 될 것을 생각하고 그만 내 방으로 건너간다. 내 방은 침침하다. 나는 이불을 뒤집어쓰고 낮잠을 잔다. 한 번도 걷은 일이 없는 내 이부자리는 내 몸뚱이의 일부분처럼

• **동체** 사람이나 동물의 몸에서, 목·팔다리·날개·꼬리 따위를 제외한 가운데 부분.
• **자리옷** 잠잘 때 입는 옷.
• **사루마다** 남성용 속바지를 뜻하는 일본말.

내게는 참 반갑다. 잠은 잘 오는 적도 있다. 그러나 또 전신이 까칫까칫하면서 영 잠이 오지 않는 적도 있다. 그런 때는 아무 제목으로나 제목을 하나 골라서 연구하였다. 나는 내 좀 축축한 이불 속에서 참 여러 가지 발명도 하였고 논문도 많이 썼다. 시도 많이 지었다. 그러나 그것들은 내가 잠이 드는 것과 동시에 내 방에 담겨서 철철 넘치는 그 흐늑흐늑한 공기에 다 비누처럼 풀어져서 온데간데없고, 한잠 자고 깬 나는 속이 무명 헝겊이나 메밀껍질로 띵띵 찬 한덩어리 베개와도 같은 한 벌 신경이었을 뿐이고 뿐이고 하였다.

그러기에 나는 빈대가 무엇보다도 싫었다. 그러나 내 방에서는 겨울에도 몇 마리의 빈대가 끊이지 않고 나왔다. 내게 근심이 있었다면 오직 이 빈대를 미워하는 근심일 것이다. 나는 빈대에게 물려서 가려운 자리를 피가 나도록 긁었다. 쓰라리다. 그것은 그윽한 쾌감이 틀림없었다. 나는 혼곤히 잠이 든다.

나는 그러나 그런 이불 속의 사색 생활에서도 적극적인 것을 궁리하는 법이 없다. 내게는 그럴 필요가 대체 없었다. 만일 내가 그런 좀 적극적인 것을 궁리해 내었을 경우에 나는 반드시 내 아내와 의논하여야 할 것이고, 그러면 반드시 나는 아내에게 꾸지람을 들을 것이고…… 나는 꾸지람이 무서웠다느니보다도 성가셨다. 내가 제법 한 사람의 사회인의 자격으로 일을 해보는 것도, 아내에게 사설 듣는 것도…….

나는 가장 게으른 동물처럼 게으른 것이 좋았다. 될 수만 있으면 이 무의미한 인간의 탈을 벗어버리고도 싶었다.

나에게는 인간 사회가 스스러웠다.* 생활이 스스러웠다. 모두가 서먹서먹할 뿐이었다.

아내는 하루에 두 번 세수를 한다. 나는 하루 한 번도 세수를 하지 않는다. 나는 밤중 세 시나 네 시 해서 변소에 갔다. 달이 밝은 밤에는 한참씩 마당에 우두커니 섰다가 들어오곤 한다. 그러니까 나는 이 18가구의 아무와도 얼굴이 마주치는 일이 거의 없다. 그러면서도 나는 이 18가구의 젊은 여인네 얼굴들을 거반 다 기억하고 있었다. 그들은 하나같이 내 아내만 못하였다.

열한 시쯤 해서 하는 아내의 첫 번 세수는 좀 간단하다. 그러나 저녁 일곱 시쯤 해서 하는 두 번째 세수는 손이 많이 간다. 아내는 낮에보다도 밤에 더 좋고 깨끗한 옷을 입는다. 그리고 낮에도 외출하고 밤에도 외출하였다.

아내에게 직업이 있었던가? 나는 아내의 직업이 무엇인지 알 수 없다. 만일 아내에게 직업이 없었다면 같이 직업이 없는 나처럼 외출할 필요가 생기지 않을 것인데…… 아내는 외출한다. 외

* **스스럽다** 부끄럽고 어색하다.

출할 뿐만 아니라 내객•이 많다. 아내에게 내객이 많은 날은 나는 온종일 내 방에서 이불을 쓰고 누워 있어야만 된다. 불장난도 못 한다. 화장품 내음새도 못 맡는다. 그런 날은 나는 의식적으로 우울해하였다. 그러면 아내는 나에게 돈을 준다. 50전짜리 은화다. 나는 그것이 좋았다. 그러나 그것을 무엇에 써야 옳을지 몰라서 늘 머리맡에 던져두고 두고 한 것이 어느 결에 모여서 꽤 많아졌다. 어느 날 이것을 본 아내는 금고처럼 생긴 벙어리를 사다 준다. 나는 한 푼씩 한 푼씩 그 속에 넣고 열쇠는 아내가 가져갔다. 그 후에도 나는 더러 은화를 그 벙어리에 넣은 것을 기억한다. 그리고 나는 게을렀다. 얼마 후 아내의 머리 쪽에 보지 못하던 누깔잠•이 하나 여드름처럼 돋았던 것은 바로 그 금고형 벙어리의 무게가 가벼워졌다는 증거일까. 그러나 나는 드디어 머리맡에 놓였던 그 벙어리에 손을 대지 않고 말았다. 내 게으름은 그런 것에 내 주의를 환기시키기도 싫었다.

아내에게 내객이 있는 날은 이불 속으로 암만 깊이 들어가도 비 오는 날만큼 잠이 잘 오지 않았다. 나는 그런 때 아내에게는 왜 늘 돈이 있나, 왜 돈이 많은가를 연구했다.

• 내객 찾아온 손님.
• 누깔잠 비녀의 일종.

내객들은 장지 저쪽에 내가 있는 것을 모르나 보다. 내 아내와 나도 좀 하기 어려운 농을 아주 서슴지 않고 쉽게 내던지는 것이다. 그러나 내 아내를 찾은 내객 가운데 서너 사람의 내객들은 늘 비교적 점잖았다고 볼 수 있는 것이, 자정이 좀 지나면 으레 돌아들 갔다. 그들 가운데에는 퍽 교양이 얕은 자도 있는 듯싶었는데, 그런 자는 보통 음식을 사다 먹고 논다. 그래서 보충을 하고 대체로 무사하였다.•

나는 우선 내 아내의 직업이 무엇인가를 연구하기에 착수하였으나 좁은 시야와 부족한 지식으로는 이것을 알아내기 힘이 든다. 나는 끝끝내 내 아내의 직업이 무엇인가를 모르고 말려나 보다.

아내는 늘 진솔버선•만 신었다. 아내는 밥도 지었다. 아내가 밥을 짓는 것을 나는 한 번도 구경한 일은 없으나 언제든지 끼니때면 내 방으로 내 조석밥•을 날라다 주는 것이다. 우리 집에는 나와 내 아내 외에 다른 사람은 아무도 없다. 이 밥은 분명 아내가 손수 지었음이 틀림없다.

그러나 아내는 한 번도 나를 자기 방으로 부른 일이 없다. 나는 늘 윗방에서 나 혼자서 밥을 먹고 잠을 잤다. 밥은 너무 맛이 없었다. 반찬이 너무 엉성하였다. 나는 닭이나 강아지처럼 말없이 주

- **무사하다** 아무 일이 없다.
- **진솔버선** 한 번도 빨지 않은 새 버선.
- **조석밥** 날마다 일정한 때에 먹는 밥.

는 모이를 넙죽넙죽 받아먹기는 했으나 내심 야속하게 생각한 적도 더러 없지 않다. 나는 안색이 여지없이 창백해 가면서 말라 들어갔다. 나날이 눈에 보이듯이 기운이 줄어들었다. 영양 부족으로 하여 몸뚱이 곳곳의 뼈가 불쑥불쑥 내어밀었다. 하룻밤 사이에도 수십 차를 돌아눕지 않고는 여기저기가 배겨서• 나는 배겨낼• 수가 없었다.

그렇기 때문에 나는 내 이불 속에서 아내가 늘 흔히 쓸 수 있는 저 돈의 출처를 탐색해 보는, 일변 장지 틈으로 새어 나오는 아랫방의 음색은 무엇일까를 간단히 연구하였다. 나는 잠이 잘 안 왔다.

깨달았다. 아내가 쓰는 돈은, 그 내게는 다만 실없는 사람들로밖에 보이지 않는 까닭 모를 내객들이 놓고 가는 것이 틀림없으리라는 것을 나는 깨달았다. 그러나 왜 그들 내객은 돈을 놓고 가나? 왜 내 아내는 그 돈을 받아야 되나? 하는 예의 관념이 내게는 도무지 알 수 없는 것이었다.

그것은 그저 예의에 지나지 않는 것일까? 그렇지 않으면 혹 무슨 대가일까? 보수일까? 내 아내가 그들의 눈에는 동정을 받아야

• **배기다** 바닥에 닿는 몸의 부분에 단단한 것이 받치는 힘을 느끼어 불편하다.
• **배기다** 참기 어려운 일을 잘 참고 견디다.

만 할 한 가엾은 인물로 보였던가?

이런 것들을 생각하노라면 으레 내 머리는 그냥 혼란하여 버리고 버리고 하였다. 잠들기 전에 획득했다는 결론이 오직 불쾌하다는 것뿐이었으면서도 나는 그런 것을 아내에게 물어보거나 한 일이 참 한 번도 없다. 그것은 대체 귀찮기도 하려니와 한잠 자고 일어나는 나는 사뭇 딴사람처럼 이것도 저것도 다 깨끗이 잊어버리고 그만두는 까닭이다.

내객들이 돌아가고, 혹 밤 외출에서 돌아오고 하면 아내는 경편한 것으로 옷을 바꾸어 입고 내 방으로 나를 찾아온다. 그리고 이불을 들추고 내 귀에는 영 생뚱생뚱한 몇 마디 말로 나를 위로하려 든다. 나는 조소(嘲笑)•도 고소(苦笑)•도 홍소(哄笑)•도 아닌 웃음을 얼굴에 띠고 아내의 아름다운 얼굴을 쳐다본다. 아내는 방그레 웃는다. 그러나 그 얼굴에 떠도는 일말•의 애수•를 나는 놓치지 않는다.

아내는 능히 내가 배고파하는 것을 눈치챌 것이다. 그러나 아랫방에서 먹고 남은 음식을 나에게 주려 들지는 않는다. 그것은

- **조소** 비웃음
- **고소** 어이가 없거나 마지못해 짓는 웃음. 쓴웃음.
- **홍소** 입을 크게 벌리고 웃거나 떠들썩하게 웃는 웃음.
- **일말** 한 번 칠한다는 뜻으로, '약간'을 이르는 말.
- **애수** 슬픔과 근심.

어디까지든지 나를 존경하는 마음일 것임이 틀림없다. 나는 배가 고프면서도 적이 마음이 든든한 것을 좋아했다. 아내가 무엇이라고 지껄이고 갔는지 귀에 남아 있을 리가 없다. 다만 내 머리맡에 아내가 놓고 간 은화가 전등불에 흐릿하게 빛나고 있을 뿐이다.

그 금고형 벙어리 속에 그 은화가 얼마큼이나 모였을까? 나는 그러나 그것을 쳐들어 보지 않았다. 그저 아무런 의욕도 기원도 없이 그 단춧구멍처럼 생긴 틈바구니로 은화를 떨어뜨려 둘 뿐이었다.

왜 아내의 내객들이 아내에게 돈을 놓고 가나 하는 것이 풀 수 없는 의문인 것같이, 왜 아내는 나에게 돈을 놓고 가나 하는 것도 역시 나에게는 똑같이 풀 수 없는 의문이었다. 내 비록 아내가 내게 돈을 놓고 가는 것이 싫지 않았다 하더라도 그것은 다만 그것이 내 손가락에 닿는 순간에서부터 그 벙어리 주둥이에서 자취를 감추기까지의 하잘것없는 짧은 촉각이 좋았달 뿐이지 그 이상 아무 기쁨도 없다.

어느 날 나는 그 벙어리를 변소에 갖다 넣어버렸다. 그때 벙어리 속에는 몇 푼이나 되는지는 모르겠으나 그 은화들이 꽤 들어 있었다.

나는 내가 지구 위에 살며 내가 이렇게 살고 있는 지구가 질풍신뢰•의 속력으로 광대무변•의 공간을 달리고 있다는 것을 생각했을 때 참 허망하였다. 나는 이렇게 부지런한 지구 위에서는 현기증도 날 것 같고 해서 한시바삐 내려버리고 싶었다.

이불 속에서 이런 생각을 하고 난 뒤에는 나는 그 은화를 그 벙어리에 넣고 넣고 하는 것조차가 귀찮아졌다. 나는 아내가 손수 벙어리를 사용하였으면 하고 희망하였다. 벙어리도 돈도 사실에는 아내에게만 필요한 것이지 내게는 애초부터 의미가 전연 없는 것이었으니까, 될 수만 있으면 그 벙어리를 아내는 아내 방으로 가져갔으면 하고 기다렸다. 그러나 아내는 가져가지 않는다. 나는 내가 아내 방으로 가져다 둘까 하고 생각하여 보았으나 그즈음에는 아내의 내객이 원체 많아서 내가 아내 방에 가볼 기회가 도무지 없었다. 그래서 나는 하는 수 없이 변소에 갖다 집어넣어 버리고 만 것이다.

나는 서글픈 마음으로 아내의 꾸지람을 기다렸다. 그러나 아내는 끝내 아무 말도 나에게 묻지도 하지도 않았다. 않았을 뿐 아니라 여전히 돈은 돈대로 머리맡에 놓고 가지 않나. 내 머리맡에는 어느덧 은화가 꽤 많이 모였다.

• **질풍신뢰** 심한 바람과 번개라는 뜻으로, 빠르고 심하게 변하는 상태를 이르는 말.
• **광대무변** 넓고 커서 끝이 없음.

내객이 아내에게 돈을 놓고 가는 것이나 아내가 내게 돈을 놓고 가는 것이나 일종의 쾌감, 그 외의 다른 아무런 이유도 없는 것이 아닐까 하는 것을 나는 또 이불 속에서 연구하기 시작하였다. 쾌감이라면 어떤 종류의 쾌감일까를 계속하여 연구하였다. 그러나 그것은 이불 속의 연구로는 알 길이 없었다. 쾌감, 쾌감, 하고 나는 뜻밖에도 이 문제에 대해서만 흥미를 느꼈다.

아내는 물론 나를 늘 감금하여 두다시피 하여 왔다. 내게 불평이 있을 리 없다. 그런 중에도 나는 그 쾌감이라는 것의 유무를 체험하고 싶었다.

나는 아내의 밤 외출 틈을 타서 밖으로 나왔다. 나는 거리에서, 잊어버리지 않고 가지고 나온 은화를 지폐로 바꾼다. 5원이나 된다. 그것을 주머니에 넣고 나는 목적을 잃어버리기 위하여 얼마든지 거리를 쏘다녔다. 오래간만에 보는 거리는 거의 경이에 가까울 만치 내 신경을 흥분시키지 않고는 마지않았다. 나는 금시에 피곤하여 버렸다.

그러나 나는 참았다. 그리고 밤이 이슥하도록 까닭을 잃어버린 채 이 거리 저 거리로 지향 없이 헤매었다. 돈은 물론 한 푼도 쓰지 않았다. 돈을 쓸 아무 엄두도 나서지 않았다. 나는 벌써 돈을 쓰는 기능을 완전히 상실한 것 같았다.

나는 과연 피로를 이 이상 견디기가 어려웠다. 나는 가까스로 내 집을 찾았다. 나는 내 방으로 가려면 아내 방을 통과하지 아니하면 안 될 것을 알고, 아내에게 내객이 있나 없나를 걱정하면서 미닫이 앞에서 좀 거북살스럽게 기침을 한 번 했더니, 이것은 참 또 너무 암상스럽게• 미닫이가 열리면서 아내의 얼굴과 그 등 뒤에 낯선 남자의 얼굴이 이쪽을 내다보는 것이다. 나는 별안간 내어 쏟아지는 불빛에 눈이 부셔서 좀 머뭇머뭇했다.

나는 아내의 눈초리를 못 본 것은 아니다. 그러나 나는 모른 체하는 수밖에 없었다. 왜? 나는 어쨌든 아내의 방을 통과하지 아니하면 안 되니까…….

나는 이불을 뒤집어썼다. 무엇보다도 디리가 아파서 견딜 수가 없었다. 이불 속에서는 가슴이 울렁거리면서 암만해도 까무러칠 것만 같았다. 걸을 때는 몰랐더니 숨이 차다. 등에 식은땀이 쭉 내밴다. 나는 외출한 것을 후회하였다. 이런 피로를 잊고 어서 잠이 들었으면 좋았다. 한잠 잘 자고 싶었다.

얼마 동안이나 비스듬히 엎드려 있었더니 차츰차츰 뚝딱거리는 가슴 동기•가 가라앉는다. 그만해도 우선 살 것 같았다. 나는 몸을 돌려 반듯이 천장을 향하여 눕고 쭉— 다리를 뻗었다.

그러나 나는 또다시 가슴의 동기를 피할 수 없게 되었다. 아랫

• **암상스럽다** 마음에 들지 않거나 눈에 거슬리다.
• **동기** 움직이는 기운. 여기서는 '맥박이 빨리 뛰는 것'을 이르는 말.

방에서 아내와 그 남자의, 내 귀에도 들리지 않을 만치 옅은 목소리로 소곤거리는 기척이 장지 틈으로 전하여 왔던 것이다. 청각을 더 예민하게 하기 위하여 나는 눈을 떴다. 그리고 숨을 죽였다. 그러나 그때는 벌써 아내와 남자는 앉았던 자리를 툭툭 털며 일어섰고, 일어서면서 옷과 모자 쓰는 기척이 나는 듯하더니 이어 미닫이가 열리고 구두 뒤축 소리가 나고, 그리고 뜰에 내려서는 소리가 쿵 하고 나면서 뒤를 따르는 아내의 고무신 소리가 두어 발자국 찍찍 나고 사뿐사뿐 나나 하는 사이에 두 사람의 발소리가 대문간 쪽으로 사라졌다.

나는 아내의 이런 태도를 본 일이 없다. 아내는 어떤 사람과도 결코 소곤거리는 법이 없다. 나는 윗방에서 이불을 쓰고 누웠는 동안에도 혹 술이 취해서 혀가 잘 돌아가지 않는 내객들의 담화는 더러 놓치는 수가 있어도 아내의 높지도 얕지도 않은 말소리는 일찍이 한마디도 놓쳐본 일이 없다. 더러 내 귀에 거슬리는 소리가 있어도 나는 그것이 태연한 목소리로 내 귀에 들렸다는 이유로 충분히 안심이 되었다.

그렇던 아내의 이런 태도는 필시 그 속에 여간하지 않은 사정이 있는 듯시피 생각이 되고 내 마음은 좀 서운했으나, 그러나 그보다도 나는 좀 너무 피로해서 오늘만은 이불 속에서 아무것도 연구하지 않기로 굳게 결심하고 잠을 기다렸다. 잠은 좀처럼 오지 않았다. 대문간에 나간 아내도 좀처럼 들어오지 않았다. 그러는 동안에 흐지부지 나는 잠이 들어버렸다. 꿈이 얼쑹덜쑹* 종을 잡을 수 없는 거리의 풍경을 여전히 헤매었다.

나는 몹시 흔들렸다. 내객을 보내고 들어온 아내가 잠든 나를 잡아 흔드는 것이다. 나는 눈을 번쩍 뜨고 아내의 얼굴을 쳐다보았다. 아내의 얼굴에는 웃음이 없다. 나는 좀 눈을 비비고 아내의 얼굴을 자세히 보았다. 노기가 눈초리에 떠서 얇은 입술이 바르르 떨린다. 좀처럼 이 노기가 풀리기는 어려울 것 같았다. 나는 그대로 눈을 감아버렸다. 벼락이 내리기를 기다린 것이다. 그러나 쌔근하는 숨소리가 나면서 푸시시 아내의 치맛자락 소리가 나고 장지가 여닫히며 아내는 아내 방으로 돌아갔다. 나는 다시 몸을 돌려 이불을 뒤집어쓰고는 개구리처럼 엎드리고 엎드려서 배가 고픈 가운데도 오늘 밤의 외출을 또 한 번 후회하였다.

나는 이불 속에서 아내에게 사죄하였다. 그것은 네 오해라고…….

나는 사실 밤이 퍽이나 이슥한 줄만 알았던 것이다. 그것이 네 말마따나 자정 전인 줄은 나는 정말이지 꿈에도 몰랐다. 나는 너무 피곤하였다. 오래간만에 나는 너무 많이 걸은 것이 잘못이다.

• **얼쑹덜쑹** 그런 것 같기도 하고 그렇지 않은 것 같기도 하여 얼른 분간이 잘 안 되는 모양.

내 잘못이라면 잘못은 그것밖에는 없다. 외출은 왜 하였더냐고?

나는 그 머리맡에 저절로 모인 5원 돈을 아무에게라도 좋으니 주어보고 싶었던 것이다. 그뿐이다. 그러나 그것도 내 잘못이라면 나는 그렇게 알겠다. 나는 후회하고 있지 않나?

내가 그 5원 돈을 써버릴 수가 있었던들 나는 자정 안에 집에 돌아올 수 없었을 것이다. 그러나 거리는 너무 복잡하였고 사람은 너무도 들끓었다. 나는 어느 사람을 붙들고 그 5원 돈을 내어주어야 할지 갈피를 잡을 수가 없었다. 그러는 동안에 나는 여지없이 피곤해 버리고 말았던 것이다.

나는 무엇보다도 좀 쉬고 싶었다. 눕고 싶었다. 그래서 나는 하는 수 없이 집으로 돌아온 것이다. 내 짐작 같아서는 밤이 어지간히 늦은 줄만 알았는데, 그것이 불행히도 자정 전이었다는 것은 참 안된 일이다. 미안한 일이다. 나는 얼마든지 사죄하여도 좋다. 그러나 종시* 아내의 오해를 풀지 못하였다 하면 내가 이렇게까지 사죄하는 보람은 그럼 어디 있나? 한심하였다.

한 시간 동안을 나는 이렇게 초조하게 굴지 않으면 안 되었다. 나는 이불을 홱 젖혀버리고 일어나서 장지를 열고 아내 방으로 비칠비칠 달려갔던 것이다. 내게는 거의 의식이라는 것이 없었다. 나는 아내 이불 위에 엎드러지면서 바지 포켓 속에서 그 돈 5원을

* **종시** 끝까지.

꺼내 아내 손에 쥐여 준 것을 간신히 기억할 뿐이다.

이튿날 잠이 깨었을 때 나는 내 아내 방 아내 이불 속에 있었다. 이것이 이 33번지에서 살기 시작한 이래 내가 아내 방에서 잔 맨 처음이었다.

해가 들창에 훨씬 높았는데 아내는 이미 외출하고 벌써 내 곁에 있지는 않다. 아니! 아내는 엊저녁 내가 의식을 잃은 동안에 외출한 것인지도 모른다. 그러나 나는 그런 것을 조사하고 싶지 않았다. 다만 전신이 찌뿌드드한 것이 손가락 하나 꼼짝할 힘조차 없었다. 책보보다 좀 작은 면적의 볕이 눈이 부시다. 그 속에서 수없이 먼지가 흡사 미생물처럼 난무한다. 코가 콱 막히는 것 같다. 나는 다시 눈을 감고 이불을 푹 뒤집어쓰고 낮잠을 자기에 착수하였다. 그러나 코를 스치는 아내의 체취는 꽤 도발적이었다. 나는 몸을 여러 번 여러 번 비비꼬면서 아내의 화장대에 늘어선 그 가지각색 화장품 병들과 마개를 뽑았을 때 풍기던 내음새를 더듬느라고 좀처럼 잠은 들지 않는 것을 나는 어찌하는 수도 없었다.

견디다 못하여 나는 그만 이불을 걷어차고 벌떡 일어나서 내 방으로 갔다. 내 방에는 다 식어 빠진 내 끼니가 가지런히 놓여 있는 것이다. 아내는 내 모이를 여기다 주고 나간 것이다. 나는 우선 배가 고팠다. 한 숟갈을 입에 떠 넣었을 때 그 촉감은 참 너무도 냉회와 같이 써늘하였다. 나는 순갈을 놓고 내 이불 속으로 들어갔다. 하룻밤을 비워버린 내 이부자리는 여전히 반갑게 나를 맞아준다. 나는 내 이불을 뒤집어쓰고 이번에는 참 늘어지게 한잠 잤다. 잘—

내가 잠을 깬 것은 전등이 켜진 뒤다. 그러나 아내는 아직도 돌아오지 않았나 보다. 아니! 들어왔다 또 나갔는지도 알 수 없다. 그러나 그런 것을 상고하여• 무엇하나?

정신이 한결 난다. 나는 지난밤 일을 생각해 보았다. 그 돈 5원을 아내 손에 쥐여 주고 넘어졌을 때에 느낄 수 있었던 쾌감을 나는 무엇이라고 설명할 수가 없었다. 그러나 내객들이 내 아내에게 돈 놓고 가는 심지•며 내 아내가 내게 돈 놓고 가는 심리의 비밀을 나는 알아낸 것 같아서 여간 즐거운 것이 아니다. 나는 속으로 빙그레 웃어보았다. 이런 것을 모르고 오늘까지 지내온 나 자신이 어떻게 우스꽝스럽게 보이는지 몰랐다. 나는 어깨춤이 났다.

따라서 나는 또 오늘 밤에도 외출하고 싶었다. 그러나 돈이 없다. 나는 엊저녁에 그 돈 5원을 한꺼번에 아내에게 주어버린 것을 후회하였다. 또 그 벙어리를 변소에 갖다 처넣어 버린 것도 후

• **상고하다** 꼼꼼히 따져보다.
• **심지** 마음.

회하였다. 나는 실없이 실망하면서 습관처럼 그 돈 5원이 들어 있던 내 바지 포켓에 손을 넣어 한번 휘둘러 보았다. 뜻밖에도 내 손에 쥐어지는 것이 있었다. 2원밖에 없다. 그러나 많아야 맛은 아니다. 얼마간이고 있으면 된다. 나는 그만한 것이 여간 고마운 것이 아니었다.

나는 기운을 얻었다. 나는 그 단벌 다 떨어진 코르텐 양복을 걸치고 배고픈 것도 주제 사나운• 것도 다 잊어버리고 활갯짓을 하면서 또 거리로 나섰다. 나서면서 나는 제발 시간이 화살 닫듯 해서 자정이 어서 홱 지나버렸으면 하고 조바심을 태웠다. 아내에게 돈을 주고 아내 방에서 자보는 것은 어디까지든지 좋았지만, 만일 잘못해서 자정 전에 집에 들어갔다가 아내의 눈총을 맞는 것은 그것은 여간 무서운 일이 아니었다. 나는 저물도록 길가 시계를 들여다보고 들여다보고 하면서 또 지향 없이 거리를 방황하였다. 그러나 이날은 좀처럼 피곤하지는 않았다. 다만 시간이 좀 너무 더디게 가는 것만 같아서 안타까웠다.

경성역 시계가 확실히 자정을 지난 것을 본 뒤에 나는 집으로 향하였다. 그날은 그 일각대문에서 아내와 아내의 남자가 이야기

• **주제 사납다** 꼴사납다. 겉모습이 아주 흉하다. '주제'는 '변변하지 못한 몰골이나 몸치장'을 이르는 말.

하고 섰는 것을 만났다. 나는 모른 체하고 두 사람 곁을 지나서 내 방으로 들어갔다. 뒤이어 아내도 들어왔다. 와서는 이 밤중에 평생 안 하던 쓰레질을 하는 것이다. 조금 있다가 아내가 눕는 기척을 엿듣자마자 나는 또 장지를 열고 아내 방으로 가서 그 돈 2원을 아내 손에 덥석 쥐여 주고 그리고…… 하여간 그 2원을 오늘 밤에도 쓰지 않고 도로 가져온 것이 참 이상하다는 듯이 아내는 내 얼굴을 몇 번이고 엿보고, 아내는 드디어 아무 말도 없이 나를 자기 방에 재워주었다. 나는 이 기쁨을 세상의 무엇과도 바꾸고 싶지는 않았다. 나는 편히 잘 잤다.

이튿날도 내가 잠이 깨었을 때는 아내는 보이지 않았다. 나는 또 내 방으로 가서 피곤한 몸이 낮잠을 잤다.

내가 아내에게 흔들려 깨었을 때는 역시 불이 들어온 뒤였다. 아내는 자기 방으로 나를 오라는 것이다. 이런 일은 또 처음이다. 아내는 끊임없이 얼굴에 미소를 띠고 내 팔을 이끄는 것이다. 나는 이런 아내의 태도 이면에 엔간치• 않은 음모가 숨어 있지나 않은가 하고 적이 불안을 느끼지 않을 수 없었다.

나는 아내의 하자는 대로 아내 방으로 끌려갔다. 아내 방에는 저녁 밥상이 조촐하게 차려져 있는 것이다. 생각하여 보면 나는

• **엔간하다** 정도가 표준이나 보통에 꽤 가깝다.

이틀을 굶었다. 나는 지금 배고픈 것까지도 긴가민가 잊어버리고 어름어름하던 차다.

나는 생각하였다. 이 최후의 만찬을 먹고 나자마자 벼락이 내려도 나는 차라리 후회하지 않을 것을. 사실 나는 인간 세상이 너무나 심심해서 못 견디겠던 차다. 모든 것이 성가시고 귀찮았으나 그러나 불의의 재난이라는 것은 즐겁다.

나는 마음을 턱 놓고 조용히 아내와 마주 이 해괴한 저녁밥을 먹었다. 우리 부부는 이야기하는 법이 없었다. 밥을 먹은 뒤에도 나는 말이 없이 그냥 부스스 일어나서 내 방으로 건너가 버렸다. 아내는 나를 붙잡지 않았다. 나는 벽에 기대어 앉아서 담배를 한 대 피워 물고 그리고 벼락이 떨어질 테거든 어서 떨어져라 하고 기다렸다.

5분! 10분!

그러나 벼락은 내리지 않았다. 긴장이 차츰 늘어지기 시작한다. 나는 어느덧 오늘 밤에도 외출할 것을 생각하고 있었다. 돈이 있었으면 하고 생각하고 있었다.

그러나 돈은 확실히 없다. 오늘은 외출하여도 나중에 올 무슨 기쁨이 있나? 나는 앞이 그냥 아뜩하였다. 나는 화가 나서 이불을 뒤집어쓰고 이리 뒹굴 저리 뒹굴 굴렀다. 금시 먹은 밥이 목으로 자꾸 치밀어 올라온다. 메스꺼웠다.

하늘에서 얼마라도 좋으니 왜 지폐가 소낙비처럼 퍼붓지 않나?

그것이 그저 한없이 야속하고 슬펐다. 나는 이렇게밖에 돈을 구하는 아무런 방법도 알지는 못했다. 나는 이불 속에서 좀 울었나 보다. 돈이 왜 없느냐면서…….

그랬더니 아내가 또 내 방에를 왔다. 나는 깜짝 놀라 아마 인제서야 벼락이 내리려나 보다 하고 숨을 죽이고 두꺼비 모양으로 엎드려 있었다. 그러나 떨어진 입을 새어 나오는 아내의 말소리는 참 부드러웠다. 정다웠다. 아내는 내가 왜 우는지를 안다는 것이다. 돈이 없어서 그러는 게 아니란다. 나는 실없이 깜짝 놀랐다. 어떻게 저렇게 사람의 속을 환하게 들여다보는가 해서. 나는 한편으로 슬그머니 겁도 안 나는 것은 아니었으나 저렇게 말하는 것을 보면 아마 내게 돈을 줄 생각이 있나 보다, 만일 그렇다면 오죽이나 좋은 일일까. 나는 이불 속에 뚤뚤 말린 채 고개도 들지 않고 아내의 다음 거동을 기다리고 있으니까 "옜소." 하고 내 머리맡에 내려뜨리는 것은 그 가뿐한 음향으로 보아 지폐가 틀림없었다. 그리고 내 귀에다 대고 오늘을랑 어제보다도 좀 더 늦게 돌아와도 좋다고 속삭이는 것이다. 그것은 어렵지 않다. 우선 그 돈이 무엇보다도 고맙고 반가웠다.

어쨌든 나섰다. 나는 좀 야맹증이다. 그래서 될 수 있는 대로 밝은 거리로 골라서 돌아다니기로 했다. 그러고는 경성역 일이등대합실 한 곁 티룸에를 들렀다. 그것은 내게는 큰 발견이었다. 거기는 우선 아무도 아는 사람이 안 온다. 설사 왔다가도 곧들 가니까 좋다. 나는 날마다 여기 와서 시간을 보내리라 속으로 생각하여 두었다.

제일, 여기 시계가 어느 시계보다도 정확하리라는 것이 좋았다. 선불리 서투른 시계를 보고 그것을 믿고 시간 전에 집에 돌아갔다가 큰 코를 다쳐서는 안 된다.

나는 한 뽁스•에 아무것도 없는 것과 마주 앉아서 잘 끓은 커피를 마셨다. 총총한• 가운데 여객들은 그래도 한 잔 커피가 즐거운가 보다. 얼른얼른 마시고 무얼 좀 생각하는 것같이 담벼락도 좀 쳐다보고 하다가 곧 나가버린다. 서글프다. 그러나 내게는 이 서글픈 분위기가 거리의 티룸들의 그 거추장스러운 분위기보다는 절실하고 마음에 들었다. 이따금 들리는 날카로운 혹은 우렁찬 기적 소리가 모차르트보다도 더 가깝다. 나는 메뉴에 적힌 몇 가지 안 되는 음식 이름을 치읽고• 내리읽고 여러 번 읽었다. 그것들은 아물아물한 것이 어딘가 내 어렸을 때 동무들 이름과 비슷한 데가 있었다.

거기서 얼마나 내가 오래 앉았는지 정신이 오락가락하는 중에 객이 슬며시 뜸해지면서 이 구석 저 구석 걷어치우기 시작하는

• **뽁스** box. 테이블과 의자가 놓인 자리.
• **총총하다** 들어선 모양이 빽빽하다.
• **치읽다** 밑에서 위쪽으로 글을 읽다.

것을 보면 아마 닫을 시간이 된 모양이다. 열한 시가 좀 지났구나. 여기도 결코 내 안주의 곳은 아니구나. 어디 가서 자정을 넘길까? 두루 걱정을 하면서 나는 밖으로 나섰다. 비가 온다. 빗발이 제법 굵은 것이, 우비도 우산도 없는 나를 고생시킬 작정이다. 그렇다고 이런 괴이한 풍모를 차리고 이 홀에서 어물어물하는 수는 없고…… '에이 비를 맞으면 맞았지.' 하고 나는 그냥 나서버렸다.

대단히 선선해서 견딜 수가 없다. 코르덴 옷이 젖기 시작하더니 나중에는 속속들이 스며들면서 추근거린다.• 비를 맞아가면서라도 견딜 수 있는 데까지 거리를 돌아다녀서 시간을 보내려 하였으나, 인제는 선선해서 이 이상은 더 견딜 수가 없다. 오한이 자꾸 일어나면서 이가 딱딱 맞부딪는다.

나는 걸음을 재치면서• 생각하였다. '오늘 같은 궂은날도 아내에게 내객이 있을라구? 없겠지.' 하는 생각이 드는 것이다. 집으로 가야겠다. 아내에게 불행히 내객이 있거든 내 사정을 하리라. 사정을 하면 이렇게 비가 오는 것을 눈으로 보고 알아주겠지.

부리나케 와보니까, 그러나 아내에게는 내객이 있었다. 나는 그만 너무 춥고 척척해서 얼떨김에 노크하는 것을 잊었다. 그래서

- **추근거리다** 물기가 스며들어 축축하다.
- **재치다** 재우치다. 빨리 몰아치거나 재촉하다.

나는 보면 아내가 덜 좋아할 것을 그만 보았다. 나는 갑발자국• 같은 발자국을 내면서 덤벙덤벙 아내 방을 디디고, 그리고 내 방으로 가서 쭉 빠진 옷을 활활 벗어버리고 이불을 뒤썼다. 덜덜덜덜 떨린다. 오한이 점점 더 심해 들어온다. 땅이 꺼져 들어가는 것만 같았다. 나는 그만 의식을 잃어버리고 말았다.

이튿날 내가 눈을 떴을 때 아내는 내 머리맡에 앉아서 제법 근심스러운 얼굴이다. 나는 감기가 들었다. 여전히 으스스 춥고 또 골치가 아프고 입에 군침이 도는 것이, 쓸쓸하면서 다리팔이 척 늘어져서 노곤하다.

아내는 내 머리를 쓱 짚어보더니 "약을 먹어야지." 한다. 아내 손이 이마에 선뜩한 것을 보면 신열이 어지간한 모양인데, '약을 먹는다면 해열제를 먹어야지.' 하고 속생각을 하자니까, 아내는 따뜻한 물에 하얀 정제약 네 개를 준다. 이것을 먹고 한잠 푹— 자고 나면 괜찮다는 것이다. 나는 널름 받아먹었다. 쌉싸름한 것이 짐작 같아서는 아마 아스피린인가 싶다. 나는 다시 이불을 쓰고 단번에 그냥 죽은 것처럼 잠이 들어버렸다.

나는 콧물을 훌쩍훌쩍하면서 여러 날을 앓았다. 앓는 동안에 끊이지 않고 그 정제약을 먹었다. 그러는 동안에 감기도 나았다. 그

• **갑발자국** 정확한 뜻을 알 수 없음.

러나 입맛은 여전히 소태*처럼 썼다.

나는 차츰 또 외출하고 싶은 생각이 났다. 그러나 아내는 나더러 외출하지 말라고 이르는 것이다. 이 약을 날마다 먹고, 그리고 가만히 누워 있으라는 것이다. 공연히 외출을 하다가 이렇게 감기가 들어서 저를 고생을 시키는 게 아니난다. 그도 그렇다. 그럼 외출을 하지 않겠다고 맹서하고 그 약을 연복하여* 몸을 좀 보해보리라고 나는 생각하였다.

나는 날마다 이불을 뒤집어쓰고 밤이나 낮이나 잤다. 유난스럽게 밤이나 낮이나 졸려서 견딜 수가 없는 것이다. 나는 이렇게 잠이 자꾸만 오는 것은 내가 몸이 훨씬 튼튼해진 증거라고 굳게 믿었다.

나는 아마 한 달이나 이렇게 지냈나 보다. 내 머리와 수염이 좀 너무 자라서 후틋해서* 견딜 수가 없어서 내 거울을 좀 보리라고 아내가 외출한 틈을 타서 나는 아내 방으로 가서 아내의 화장대 앞에 앉아보았다. 상당하다. 수염과 머리가 참 산란하였다. 오늘은 이발을 좀 하리라 생각하고 겸사겸사 그 화장품 병들 마개를 뽑고 이것저것 맡아보았다. 한동안 잊어버렸던 향기 가운데서는 몸이 배배 꼬일 것 같은 체취가 전해 나왔다. 나는 아내의 이름을

- **소태** 소태나무의 껍질. 약재로 쓰이는데 맛이 아주 쓰다.
- **연복하다** 약을 일정한 기간 동안 계속하여 복용하다.
- **후틋하다** 조금 더운 듯한 느낌이 있다.

속으로만 한번 불러보았다. "연심이—" 하고…….

오래간만에 돋보기 장난도 하였다. 거울 장난도 하였다. 창에 든 볕이 여간 따뜻한 것이 아니었다. 생각하면 오월이 아니냐.

나는 커다랗게 기지개를 한번 켜보고 아내 베개를 내려 베고 벌떡 자빠져서는 이렇게도 편안하고 즐거운 세월을 하느님께 흠씬 자랑하여 주고 싶었다. 나는 참 세상의 아무것과도 교섭을 가지지 않는다. 하느님도 아마 나를 칭찬할 수도 처벌할 수도 없는 것 같다.

그러나 다음 순간 실로 세상에도 이상스러운 것이 눈에 띄었다. 그것은 최면약 아달린 갑이었다. 나는 그것을 아내의 화장대 밑에서 발견하고 그것이 흡사 아스피린처럼 생겼다고 느꼈다. 나는 그것을 열어보았다. 꼭 네 개가 비었다.

나는 오늘 아침에 네 개의 아스피린을 먹은 것을 기억하고 있었다. 나는 잤다. 어제도 그제도 그끄제도……. 나는 졸려서 견딜 수가 없었다. 나는 감기가 다 나았는데도 아내는 내게 아스피린을 주었다. 내가 잠이 든 동안에 이웃에 불이 난 일이 있다. 그때에도 나는 자느라고 몰랐다. 이렇게 나는 잤다. 나는 아스피린으로 알고 그럼 한 달 동안을 두고 아달린을 먹어온 것이다. 이것은 좀 너무 심하다.

별안간 아뜩하더니 하마터면 나는 까무러칠 뻔하였다. 나는 그 아달린을 주머니에 넣고 집을 나섰다. 그리고 산을 찾아 올라갔다. 인간 세상의 아무것도 보기가 싫었던 것이다. 걸으면서 나는 아무쪼록 아내에 관계되는 일은 일절 생각하지 않도록 노력하였다. 길에서 까무러치기 쉬우니까다. 나는 어디라도 양지가 바른 자리를 하나 골라서 자리를 잡아가지고 서서히 아내에 관하여서 연구할 작정이었다. 나는 길가에 돌창•, 핀 구경도 못 한 진개나리꽃, 종달새, 돌멩이도 새끼를 까는 이야기…… 이런 것만 생각하였다. 다행히 길가에서 나는 졸도하지 않았다.

거기는 벤치가 있었다. 나는 거기 정좌하고 그리고 그 아스피린과 아달린에 관하여 연구하였다. 그러나 머리가 도무지 혼란하여 생각이 체계를 이루지 않는다. 단 5분이 못 가서 나는 그만 귀찮은 생각이 번쩍 들면서 심술이 났다. 나는 주머니에서 가지고 온 아달린을 꺼내 남은 여섯 개를 한꺼번에 질겅질겅 씹어 먹어버렸다. 맛이 익살맞다. 그러고 나서 나는 그 벤치 위에 가로 기다랗게 누웠다. 무슨 생각으로 내가 그따위 짓을 했나? 알 수가 없다. 그저 그러고 싶었다. 나는 게서 그냥 깊이 잠이 들었다. 잠결에도 바위틈으로 흐르는 물소리가 졸졸 하고 귀에 언제까지나 어렴풋이 들려왔다.

내가 잠을 깨었을 때는 날이 환—히 밝은 뒤다. 나는 거기서 일

• 돌창 온통 돌이 깔린 곳.

주야•를 잔 것이다. 풍경이 그냥 노—랗게 보인다. 그 속에서도 나는 번개처럼 아스피린과 아달린이 생각났다.

아스피린, 아달린, 아스피린, 아달린, 맑스, 말사스, 마도로스, 아스피린, 아달린.•

아내는 한 달 동안 아달린을 아스피린이라고 속이고 내게 먹였다. 그것은 아내 방에서 이 아달린 갑이 발견된 것으로 미루어 증거가 너무나 확실하다.

무슨 목적으로 아내는 나를 밤이나 낮이나 재웠어야 됐나?

나를 밤이나 낮이나 재워놓고, 그리고 아내는 내가 자는 동안에 무슨 짓을 했나?

나를 조금씩 조금씩 죽이려던 것일까?

그러나 또 생각하여 보면 내가 한 달을 두고 먹어온 것이 아스피린이었는지도 모른다. 아내는 무슨 근심되는 일이 있어서 밤이면 잠이 잘 오지 않아서 정작 아내가 아달린을 사용한 것이나 아닌지? 그렇다면 나는 참 미안하다. 나는 아내에게 이렇게 큰 의혹을 가졌다는 것이 참 안됐다.

나는 그래서 부리나케 거기서 내려왔다. 아랫도리가 홰홰• 내저

- **일주야** 만 하루. 24시간.
- 앞뒤 글자가 같은 아스피린과 아달린을 발음하다 '마'에서 '스'로 끝나는 단어로 이어진다. 비슷한 형태를 지닌 말들이지만 그 의미는 전혀 다르다.
- **홰홰** 가볍게 자꾸 휘두르거나 휘젓는 모양.

이면서* 어찔어찔한 것을 나는 겨우 집을 향하여 걸었다. 여덟 시 가까이였다.

나는 내 잘못 든 생각을 죄다 일러바치고 아내에게 사죄하려는 것이다. 나는 너무 급해서 그만 또 말을 잊어버렸다.

그랬더니 이건 참 큰일 났다. 나는 내 눈으로는 절대로 보아서 안 될 것을 그만 딱 보아버리고 만 것이다. 나는 얼떨결에 그만 냉큼 미닫이를 닫고 그리고 현기증이 나는 것을 진정시키느라고 잠깐 고개를 숙이고 눈을 감고 기둥을 짚고 섰자니까, 1초 여유도 없이 홱 미닫이가 다시 열리더니 매무새를 풀어헤친 아내가 불쑥 내밀면서 내 멱살을 잡는 것이다. 나는 그만 어지러워서 게서 그냥 나둥그러졌다. 그랬더니 아내는 넘어진 내 위에 덮치면서 내 살을 함부로 물어뜯는 것이다. 아파 죽겠다. 나는 사실 반항할 의사도 힘도 없어서 그냥 넙죽 엎드려 있으면서 어떻게 되나 보고 있자니까, 뒤이어 남자가 나오는 것 같더니 아내를 한아름에 덥석 안아가지고 방 안으로 들어가는 것이다. 아내는 아무 말 없이 다소곳이 그렇게 안겨 들어가는 것이 내 눈에 여간 미운 것이 아니다. 밉다.

아내는 너 밤새워 가면서 도둑질하러 다니느냐, 계집질하러 다니느냐고 발악이다. 이것은 참 너무 억울하다. 나는 어안이 벙벙

• **내저이다** 내저어지다.

하여 도무지 입이 떨어지지를 않았다.

너는 그야말로 나를 살해하려던 것이 아니냐고 소리를 한번 꽥 질러보고도 싶었으나, 그런 긴가민가한 소리를 섣불리 입 밖에 내었다가는 무슨 화를 볼는지 알 수 있나. 차라리 억울하지만 잠자코 있는 것이 우선 상책인 듯싶이 생각이 들길래, 나는 이것은 또 무슨 생각으로 그랬는지 모르지만 툭툭 떨고 일어나서 내 바지 포켓 속에 남은 돈 몇 원 몇십 전을 가만히 꺼내서는 몰래 미닫이를 열고 살며시 문지방 밑에다 놓고 나서는, 나는 그냥 줄달음박질을 쳐서 나와버렸다.

여러 번 자동차에 치일 뻔하면서 나는 그래도 경성역으로 찾아갔다. 빈자리와 마주 앉아서 이 쓰디쓴 입맛을 거두기 위하여 무엇으로나 입가심을 하고 싶었다.

커피! 좋다. 그러나 경성역 홀에 한 걸음 들여놓았을 때 나는 내 주머니에는 돈이 한 푼도 없는 것을 그것을 깜박 잊었던 것을 깨달았다. 또 아뜩하였다. 나는 어디선가 그저 맥없이 머뭇머뭇하면서 어쩔 줄을 모를 뿐이었다. 얼빠진 사람처럼 그저 이리 갔다 저리 갔다 하면서…….

나는 어디로 어디로 들입다 쏘다녔는지 하나도 모른다. 다만 몇 시간 후에 내가 미쓰꼬시* 옥상에 있는 것을 깨달았을 때는 거의

• 미쓰꼬시 미쓰코시백화점. 1930년 경성에 지어진 지하 1층, 지상 4층짜리 백화점.

대낮이었다.

나는 거기 아무 데나 주저앉아서 내 자라온 스물여섯 해를 회고하여 보았다. 몽롱한 기억 속에서는 이렇다는 아무 제목도 불거져 나오지 않았다.

나는 또 나 자신에게 물어보았다. 너는 인생에 무슨 욕심이 있느냐고, 그러나 있다고도 없다고도 그런 대답은 하기가 싫었다. 나는 거의 나 자신의 존재를 인식하기조차도 어려웠다.

허리를 굽혀서 나는 그저 금붕어나 들여다보고 있었다. 금붕어는 참 잘들도 생겼다. 작은놈은 작은놈대로 큰놈은 큰놈대로 다 싱싱하니 보기 좋았다. 내리비치는 오월 햇살에 금붕어들은 그릇 바탕에 그림자를 내려뜨렸다. 지느러미는 하늘하늘 손수건을 흔드는 흉내를 낸다. 나는 이 지느러미 수효를 세어보기도 하면서 굽힌 허리를 좀처럼 펴지 않았다. 등어리가 따뜻하다.

나는 또 회탁*의 거리를 내려다보았다. 거기서는 피곤한 생활이 똑 금붕어 지느러미처럼 흐늑흐늑 허우적거렸다. 눈에 보이지 않는 끈적끈적한 줄에 엉켜서 헤어나지들을 못한다. 나는 피로와 공복 때문에 무너져 들어가는 몸뚱이를 끌고 그 회탁의 거리 속으로 섞여 들어가지 않는 수도 없다 생각하였다.

나서서 나는 또 문득 생각하여 보았다. 이 발길이 지금 어디로

* **회탁** 회색으로 물든 어두침침한 분위기.

향하여 가는 것인가를…….

그때 내 눈앞에는 아내의 모가지가 벼락처럼 내려 떨어졌다. 아스피린과 아달린.

우리들은 서로 오해하고 있느니라. 설마 아내가 아스피린 대신에 아달린의 정량을 나에게 먹여왔을까? 나는 그것을 믿을 수는 없다. 아내가 대체 그럴 까닭이 없을 것이니. 그러면 나는 날밤을 새우면서 도둑질을, 계집질을 하였나? 정말이지 아니다.

우리 부부는 숙명적으로 발이 맞지 않는 절름발이인 것이다. 나나 아내나 제 거동에 로직•을 붙일 필요는 없다. 변해할• 필요도 없다. 사실은 사실대로 오해는 오해대로 그저 끝없이 발을 절뚝거리면서 세상을 걸어가면 되는 것이다. 그렇지 않을까?

그러나 나는 이 발길이 아내에게로 돌아가야 옳은가, 이것만은 분간하기가 좀 어려웠다. 가야 하나? 그럼 어디로 가나?

이때 뚜— 하고 정오 사이렌이 울었다. 사람들은 모두 네 활개를 펴고 닭처럼 푸드덕거리는 것 같고 온갖 유리와 강철과 대리석과 지폐와 잉크가 부글부글 끓고 수선을 떨고 하는 것 같은 찰나! 그야말로 현란을 극한• 정오다.

나는 불현듯이 겨드랑이가 가렵다. 아하, 그것은 내 인공의 날

• **로직** 논리. 타당성.
• **변해하다** 말로 풀어 자세히 밝히다.
• **극하다** 더할 수 없는 정도에 이르다.

개가 돋았던 자국이다. 오늘은 없는 이 날개. 머릿속에서는 희망과 야심이 말소된 페이지가 딕셔너리 넘어가듯 번뜩였다.

나는 걷던 걸음을 멈추고 그리고 어디 한번 이렇게 외쳐보고 싶었다.

날개야 다시 돋아라.

날자. 날자. 날자. 한 번만 더 날자꾸나.

한 번만 더 날아보자꾸나.

《조광》 1936년 9월호에 실린 글을 바탕으로 함.

작품 이해하기

〈날개〉는 1936년 9월 《조광》에 발표되었다. 발표 직후 평론가 최재서가 "리얼리즘의 심화"이자 "인간 예지가 도달한 최고봉"이라 평하며 극찬을 하여, 〈오감도〉로 인해 난해하기만 하다고 알려졌던 이상의 이름을 드높인 작품이기도 하다.

이상의 다른 소설에 비해 형식과 내용의 난해함은 줄고 비교적 안정감 있게 창작된 작품으로 이상의 대표작으로 인정받고 있다. 등장인물인 '나'와 아내는 여러 관점에서 해석되고 있지만, 대체로 분열된 자아의 두 모습으로 이해하는 것이 일반적이다. 작품 마지막에서 주인공이 '날개'를 달고 '비상'하는 것을 꿈꾸는 것은 분열된 자아를 결합하고 자기를 되살리려는 실존의 의지로 볼 수 있다.

주인공 '나'는 18가구가 모여 사는 어느 33번지의 일곱 번째 방에 살고 있는 생활 무능력자이자 아내의 수입에 의지하여 사는 기생적 존재이다. 그는 외부와의 접촉을 끊고 방 안에서만 지낸다. 그의 소일거리는 아내가 외출한 틈을 타서 아내의 화장대 구경을 하거나 거울 놀이를 하는 것이 전부이다.

아내는 밤낮으로 외출을 하고 밤에는 손님을 데려오기도 한다. 아내는 남자를 만나고 받아 온 돈에서 은화 한 잎을 '나'에게 주곤 하는데, '나'는 그걸 저금통에 모아놓기만 한다. 어느 날 '나'는 아내의 직업과 돈의 출처에 대해 생각해 보다가 저금통을 변소에 내다 버린다. 그래도 아내는 계속 은화를 주는데, 어느 날 '나'는 은화를 지폐로 바꾸어 외출을 나선다. 하지만 돈을 쓸 줄 몰라 어찌할 바 모르다가 집에 돌아와 도로 아내에게 갖다 주고 아내 방에서 잠을 잔다.

하루는 '더 늦게 들어와도 좋다'는 아내의 말에 반갑게 나선 '나'는 경성역에서 커피를 마시기도 하다가 열한 시가 지나 내리는 비에 몸을 흠뻑 적시고 오한에 떨며 집으로 돌아온다. 하지만 아내에게는 손님이 있었고, '나'는 '아내가 덜 좋아할 것'을 보고 만다. 이때부터 아내는 '나'를 외출하지 못하게 하기 위해 감기약이라며 수면제를 먹인다. '나'는 아내가 건네준 약이 아스피린이라 생각하며 계속 받아먹는다.

그 뒤로 '나'는 아내가 주는 약을 날마다 먹으며 한 달 정도를 잠만 자면서 지낸다. 5월이 다 된 어느 날 아내의 방에 건너가 돋보기 장난, 거울 장난을 하던 '나'는 최면약인 아달린 갑을 발견한다. 그리고 그간 자기가 먹고 지내던 약이 아스피린이 아니라 수면제인 아달린이라는 걸 깨닫고 아달린을 챙겨 집을 나선다. 산에 올라 벤치에 앉아 아스피린과 아달린을, 그리고 아내를 연구하던 '나'는 아달린 여섯 알을 씹어 먹고는 벤치에서 하룻밤을 내내 잠을 자고 만다.

다음 날 오전에 일어난 '나'는 아내를 의심한 것에 사죄하려고 집으로 내달린다. 하지만 집에서 '절대로 보아서는 안 될 것을 그만 딱 보아버리고'는 길을 헤매다가 미쓰꼬시 백화점 옥상에 다다른다. 자신의 스물여섯 해를 회고하던 '나'는 다시 거리로 피곤한 몸뚱이를 이끌고 섞여 들어간다. 갈 길을 고민하던 '나'는 자신과 아내 사이가 숙명적인 절름발이라는 생각에 잠기게 된다.

이때 정오의 사이렌 소리가 울리고 '나'는 '날개야 다시 돋아라. 날자. 날자. 날자. 한 번만 더 날자꾸나. 한 번만 더 날아보자꾸나.'라고 외치며 삶에 대한 희망과 야심을 불러일으키려 한다.

이 소설은 이상이 배천온천에서 금홍을 만나 동거하며 지냈던 2년간의 생활을 바탕으로 한다. 〈날개〉 속에 등장하는 아내의 이름 '연심'은 금홍의 본명인 것으로 알려져 있다. 이상은 자신이 만난 여러 여인 가운데 금홍과의 사랑을 각별한 시간으로 기록하고 있는데, 그러한 금홍이 이상을 먹여 살리던 시절, 이상은 스스로 이 시기를 '인간 천국'이라 말하며 심리적 안정감을 가질 수 있었다. 그 안정감 위에서 바로 〈날개〉가 탄생한 것이다.

작품 깊이읽기

박제가 되어버린 천재를 아시오?

① 박제가 되어버린 천재를 아시오? 나는 유쾌하오. ~ 인생의 제행이 싱거워서 견딜 수가 없게끔 되고 그만둔 모양이오. 굿바이.

② 굿바이. 그대는 이따금 그대가 제일 싫어하는 음식을 탐식하는 ~ 생채기도 머지않아 완치될 줄 믿소. 굿바이.

③ 감정은 어떤 포즈. ~ '미망인'이라는 내 논리가 뜻밖에도 여성에 대한 모독이 되오? 굿바이.

〈날개〉의 맨 앞부분은 에피그램의 성격을 띠는 머리글이 있다. 이 머리글은 크게 세 부분으로 나누어 살필 수 있다.

①은 작가 자신인 '나'가 등장하여 서사를 어떻게 서술해 갈 것인가를 설계하고 있다. '박제가 되어버린 천재'는 '날개'의 흔적을 잃은 채 고립되어 있는 주인공 '나'를 의미한다. 작가는 이 주인공을 내세워 '여인과의 생활'을 설계한다. '나'와 '아내'가 마치 두 개의 태양처럼 마주 쳐다보며 낄낄대

는 모습을 그려낼 것이라 말하고 있다.

②에서는 '그대'라는 호칭으로 작가 자신을 칭하고 있다. '그대 자신을 위조하는 것'은 작가 이상이 자신의 삶을 재료 삼아 〈날개〉를 서술하고 있음을 뜻한다. '19세기'를 '봉쇄'하라는 말은 구시대의 가치관으로 이 작품을 읽기는 어렵다는 뜻이다.

③에서는 다시 작가가 '세상을 보는 안목'을 서술하고 있다. '여왕봉'과 '미망인'은 생물학적인 여성이 아니다. '여왕봉'은 경제적 주도권을 쥐고 있는 가장을 뜻하며, '미망인'은 가장 역할에 충실하여 가족의 다른 구성원을 배제하는 인간을 의미한다.

〈날개〉의 머리말이 특이한 점은 이 머리말이 소설의 서사와 분리되어 소설 속의 허구적 세계와는 별개의 것이라는 데에 있다. 〈날개〉는 소설의 서사가 허구임을 드러내놓고 그에 대한 탐구를 진행하고 있는 것이다.

33번지 18가구

〈날개〉에서는 '방'에 대한 묘사가 제법 구체적이다. 주인공이 사는 33번지는 18개 가구가 나란히 어깨를 맞대고 늘어선 집인데, 이 집의 대문은 하나이지만 18개 가구는 제각각 미닫이 방문 위에 문패를 붙이고 산다. 이러한 묘사는 바로 이곳이 '유곽'으로, 18개 가구에 사는 사람들 모두가 직업여성임을 암시한다.

주인공은 그중 일곱 번째 방에 살고 있는데, 그 방은 가운데를 장지문으로 나누어 볕이 드는 쪽은 아내가, 볕이 안 드는 쪽에는 '나'가 살고 있다. 그 방은 주인공의 억압된 자아의식의 표현이다. 외부와의 관계가 끊긴 고립된 방은 '나'의 심리 상태 역시 그러함을 암시하고 있다. 이렇게 볼 때, 작품에서 '나'의 외출은 억압되고 폐쇄된 현실에서 벗어나 본래의 자아를 회복하려는 노력이라 볼 수 있다. 이는 마지막 장면에 등장하는 '날개'가 상징하는 바이기도 하다.

날개의 상징성

밀랍으로 만들어 붙인 날개를 달고 하늘을 날아오르다 떨어진 '이카루스'의 이야기에서 보듯, 대개 문학작품에서 '날개'는 자유와 이상, 해방과 초월을 상징한다. 철학자 니체는 "희망을 잃은 사람들은 정신의 날개를 찢긴 채 여기저기를 기어 다니며 몸을 더럽히고 있다."라고 말하기도 했다. 이처럼 '날개'는 자유로운 정신, 희망 그 자체를 상징하는 것이 일반적이다.

〈날개〉 역시 그러한 상징을 그대로 이어받는다. '나'가 날개가 다시 돋기를 바라는 것은 무능력한 상태로 멈춰 있던 삶의 의미와 자아를 되찾아 자유롭게 원하는 바를 이루며 살아가기를 꿈꾸는 것이라 할 수 있다.

아스피린과 아달린

〈날개〉 원문에는 이상이 직접 그려 넣은 두 편의 삽화가 있다. 첫 번째 삽화에는 1930년대 진통제나 마취제, 수면제로 쓰이던 〈아로날 로슈〉가 그려져 있고, 두 번째 삽화는 누워 있는 반라의 여인을 배경으로 13권의 책이 늘어선 그림인데, 그 위로 '아스피린'과 '아달린'이라는 영어 표기가 연달아 쓰여 있다.

두 삽화는 모두 '약'을 그려 넣었다는 공통점이 있는데, 이는 소설 〈날개〉를 이해하는 데 아스피린과 아달린이 중요함을 뜻한다. 이상을 연구한 정재찬 교수는 아스피린이 고통을 낫게 하는 치료제라면, 아달린은 고통을 잊게 하는 수면제라고 전제하고, 아내의 자본과 욕망이 유지되기 위해서는 '나'에게 아달린을 먹여야 하며, '나' 역시 삶을 지속하기 위해서 고통을 '잊게' 하는 아달린을 받아먹을 수밖에 없는 숙명에 놓여 있다고 설명한다. 그리고 주인공이 아달린을 아스피린으로 인식하는 순간, 봐서는 안 될 현실을 직면하게 되고, 그 결과 현실에서의 탈주 혹은 새로운 세계로의 비상을 꿈꾸게 된다는 것이다.

정오 사이렌이 울었다. 겨드랑이가 가렵다.

니체는 '위대한 정오'는 우상이 사라지고 최고의 희망으로 기뻐하는 순간이며 인식의 태양이 최고로 솟구친 것, 생명력의 회복이 이루어지는 시간이라고 주장한다. 〈날개〉에서 정오의 사이렌이 울리는 순간은 바로 니체가 말한 '위대한 정오'의 시간과 서로 통하는 점이 있다. '나'의 겨드랑이가 불현듯 가려워지고 날자고 외치는 그 순간, 모든 사람이 네 활개를 치고 닭처럼 푸드덕거리는 시간은 바로 '생명력의 회복'이 이루어지는 순간인 것이다. 살아가야 할 이유도 방법도 모른 채 회탁의 거리를 헤매던 '나'가 각성하는 순간이기도 하다.

'나'는 정오의 사이렌 소리를 들으며 '인공의 날개가 돋았던 자국'이 가려워진다. 즉 잃어버린 생명에 대한 비상의 욕구가 되살아난 것이다. '인공'은 의식적인 노력 끝에 얻었다는 말이다. 날개는 원래부터 있었던 것이 아니다. 새로운 것을 창조하려는 희망과 야심에 의해 비로소 생겨난 것이다. 동시에 '나'의 머릿속에서는 '희망과 야심의 말소된 페이지가 딕셔너리 넘어가듯 번뜩'이는데, 이 장면은 이상이 그린 〈날개〉의 두 번째 삽화에서 13권의 책이 나란히 책날개를 펼치고 있는 장면과 겹쳐진다. 이는 '나'가 책을 가까이 했던 지식인이었음을 암시하는 것이기도 하다.

지주회시

날개

봉별기

종생기

봉별기

1

스물세 살이오, 삼월이오, 각혈이다. 여섯 달 잘 기른 수염을 하루 면도칼로 다듬어 코밑에 다만 나비만큼 남겨가지고 약 한 제• 지어 들고 B라는 신개지• 한적한 온천으로 갔다. 게서 나는 죽어도 좋았다.

그러나 이내 아직 기를 펴지 못한 청춘이 약탕관•을 붙들고 늘어져서는 날 살리라고 보채는 것은 어찌하는 수가 없다. 여관 한등• 아래 밤이면 나는 늘 억울해했다.

사흘을 못 참고 기어이 나는 여관 주인 영감을 앞장세워 밤에 장구 소리 나는 집으로 찾아갔다. 게서 만난 것이 금홍이다.

"몇 살인구?"

• **제** 한약의 분량을 나타내는 단위. 한 제는 약봉지 스무 개 분량.
• **신개지** 새로 개간한 땅. 새로 만든 도시의 큰 길거리.
• **약탕관** 한약을 달이는 데 쓰는 그릇.
• **한등** 추운 밤에 비치는 등불. 쓸쓸히 비치는 등불.

체대•가 비록 풋고추만 하나 깡그라진• 계집이 제법 맛이 맵다. '열여섯 살? 많아야 열아홉 살이지.' 하고 있자니까,

"스물한 살이에요."

"그럼 내 나인 몇 살이나 돼 뵈지?"

"글쎄. 마흔? 서른아홉?"

나는 그저 '흥!' 그래 버렸다. 그리고 팔짱을 떡 끼고 앉아서는 더욱더욱 점잖은 체했다. 그냥 그날은 무사히 헤어졌건만…….

이튿날 화우• K군이 왔다. 이 사람인즉 나와 농하는• 친구다. 나는 어쩌는 수 없이 그 나비 같다면서 달고 다니던 코밑수염을 아주 밀어버렸다. 그리고 날이 저물기가 급하게 또 금홍이를 만나러 갔다.

"어디서 뵌 어른 겉은데."

"엊저녁에 왔던 수염 난 양반…… 내가 바루 아들이지. 목소리꺼지 닮었지?"

하고 익살을 부렸다. 주석•이 어느덧 파하고 마당에 내려서다가 K군의 귀에 대고 나는 이렇게 속삭였다.

- **체대** 몸의 크기.
- **깡그라진** 정확한 뜻을 알 수 없으나, 작고 마른 모양과 관련되는 뜻인 듯함.
- **화우** 같이 그림 그리는 벗.
- **농하다** 실없이 놀리거나 장난으로 말하다.
- **주석** 술자리.

"어때? 괜찮지? 자네 한번 얼러•보게."

"관두게, 자네나 얼러보게."

"어쨌든 여관으로 끌구 가서 짱껭뽕•을 해서 정허기루 허세나."

"거 좋지."

그랬는데 K군은 측간•에 가는 체하고 피해 버렸기 때문에 나는 부전승으로 금홍이를 이겼다. 그날 밤에 금홍이는 금홍이가 경산부•라는 것을 감추지 않았다.

"언제?"

"열여섯 살에 머리 얹어서• 열일곱 살에 낳았지."

"아들?"

"딸."

"어딨나?"

"돌 만에 죽었어."

지어가지고 온 약은 집어치우고 나는 전혀• 금홍이를 사랑하는 데만 골몰했다. 못난 소린 듯하나 사랑의 힘으로 각혈이 다 멈췄

- **얼르다** 어르다. 그럴듯한 말로 부추겨 마음을 움직이다.
- **짱껭뽕** 가위바위보.
- **측간** 화장실.
- **경산부** 아기를 낳은 경험이 있는 여자.
- **머리 얹다** ① 어린 기생이 정식으로 기생이 되어 머리를 틀어 올리다. ② 여자가 시집을 가다.
- **전혀** 오로지, 완전히.

으니까.

나는 금홍이에게 놀음채•를 주지 않았다. 왜? 날마다 밤마다 금홍이가 내 방에 있거나 내가 금홍이 방에 있거나 했기 때문에…….

그 대신……

우(禹)라는 불란서 유학생인 유야랑•을 나는 금홍이에게 권하였다. 금홍이는 내 말대로 우씨와 더불어 독탕•에 들어갔다. 이 독탕이라는 것은 좀 음란한 설비였다. 나는 이 음란한 설비 문간에 나란히 벗어놓은 우씨와 금홍이 신발을 보고 언짢아하지 않았다.

나는 또 내 곁방에 와 묵고 있는 C라는 변호사에게도 금홍이를 권하였다. C는 내 열성에 감동되어 하는 수 없이 금홍이 방을 범했다.

그러나 사랑하는 금홍이는 늘 내 곁에 있었다. 그리고 우, C 등등에게서 받은 10원 지폐를 여러 장 꺼내놓고 어리광 섞어 내게 자랑도 하는 것이었다.

그러자 나는 백부•님 소상• 때문에 귀경하지 않으면 안 되게 되

- **놀음채** 함께 시간을 보내며 놀고 나서 내는 비용.
- **유야랑** 술과 여자와 노름에 빠진 사람.
- **독탕** 혼자서 따로 쓰는 목욕탕.
- **백부** 큰아버지.
- **소상** 사람이 죽은 지 1년 만에 지내는 제사.

었다. 복숭아꽃이 만발하고 정자 곁으로 석간수•가 졸졸 흐르는 좋은 터전을 한군데 찾아가서 우리는 석별의 하루를 즐겼다. 정거장에서 나는 금홍이에게 10원 지폐 한 장을 쥐여 주었다. 금홍이는 이것으로 전당 잡힌 시계를 찾겠다고 그러면서 울었다.

2

금홍이가 내 아내가 되었으니까, 우리 내외는 참 사랑했다. 서로 지나간 일은 묻지 않기로 하였다. 과거래야 내 과거가 무엇 있을까닭이 없고, 말하자면 내가 금홍이 과거를 묻지 않기로 한 약속이나 다름없다.

금홍이는 겨우 스물한 살인데 서른한 살 먹은 사람보다도 나았다. 서른한 살 먹은 사람보다도 나은 금홍이가 내 눈에는 열일곱 살 먹은 소녀로만 보이고, 금홍이 눈에 마흔 살 먹은 사람으로 보인 나는 기실 스물세 살이요, 게다가 주책•이 좀 없어서 똑 여남은 살 먹은 아이 같다. 우리 내외는 이렇게 세상에도 없이 현란하고 아기자기하였다.

• 석간수 돌이 많은 산골짜기에 흐르는 맑은 시냇물.
• 주책 일정하게 자리 잡힌 주장이나 판단력.

부질없는 세월이…… 일 년이 지나고 팔월, 여름으로는 늦고 가을로는 이른 그 북새통에…… 금홍이에게는 예전 생활에 대한 향수가 왔다.

나는 밤이나 낮이나 누워 잠만 자니까 금홍이에게 대하여 심심하다. 그래서 금홍이는 밖에 나가 심심치 않은 사람들을 만나 심심치 않게 놀고 돌아오는…….

즉 금홍이의 협착한• 생활이 금홍이의 향수를 향하여 발전하고 비약하기 시작하였다는 데 지나지 않는 이야기다.

그런데 이번에는 내게 자랑을 하지 않는다. 않을 뿐만 아니라 숨기는 것이다.

이것은 금홍이로서 금홍이답지 않은 일일밖에 없다. 숨길 것이 있나? 숨기지 않아도 좋지. 자랑을 해도 좋지.

나는 아무 말도 하지 않는다. 나는 금홍이 오락의 편의를 돕기 위하여 가끔 P군 집에 가 잤다. P군은 나를 불쌍하다고 그랬던가 시피 지금 기억된다.

나는 또 이런 것을 생각하지 않았던 것도 아니다. 즉 남의 아내라는 것은 정조를 지켜야 하느니라고!

금홍이는 나를 내 나태한 생활에서 깨우치게 하기 위하여 우정•

• **협착하다** 차지하고 있는 자리가 매우 좁다. 처한 사정이나 형편이 매우 어렵다.
• **우정** 일부러.

간음하였다고 나는 호의로 해석하고 싶다. 그러나 세상에 흔히 있는 아내다운 예의를 지키는 체해 본 것은 금홍이로서 말하자면 천려(千慮)의 일실(一失)•이 아닐 수 없다.

이런 실없는 정조를 간판 삼자니까 자연 나는 외출이 잦았고 금홍이 사업에 편의를 돕기 위하여 내 방까지도 개방하여 주었다. 그러는 중에도 세월은 흐르는 법이다.

하루 나는 제목 없이 금홍이에게 몹시 얻어맞았다. 나는 아파서 울고 나가서 사흘을 들어오지 못했다. 너무도 금홍이가 무서웠다.

나흘 만에 와보니까 금홍이는 때 묻은 버선을 윗목에다 벗어놓고 나가버린 뒤였다.

이렇게도 못나게 홀아비가 된 내게 몇 사람의 친구가 금홍이에 관한 불미한• 가십•을 가지고 와서 나를 위로하는 것이었으나 종시 나는 그런 취미를 이해할 도리가 없었다.

버스를 타고 금홍이와 남자는 멀리 과천 관악산으로 가는 것을 보았다는데, 정말 그렇다면 그 사람은 내가 쫓아가서 야단이나 칠까 봐 무서워서 그런 모양이니까 퍽 겁쟁이다.

• **천려일실** '천 번 생각에 한 번 실수'라는 뜻으로, 슬기로운 사람이라도 여러 가지 생각 가운데에는 잘못되는 것이 있을 수 있음을 이르는 말.
• **불미하다** 아름답지 못하고 추잡하다.
• **가십** 신문, 잡지 등에서 개인의 사생활에 대한 소문이나 험담 따위를 다룬 흥밋거리 기사.

3

인간이라는 것은 임시 거부하기로 한 내 생활이 기억력이라는 민첩한 작용을 하지 않았기 때문에, 두 달 후에는 나는 금홍이라는 성명 석 자까지도 말쑥하게 잊어버리고 말았다. 그런 두절 된 세월 가운데 하루 길일을 복(卜)하여* 금홍이가 왕복 엽서처럼 돌아왔다. 나는 그만 깜짝 놀랐다.

금홍이의 모양은 뜻밖에도 초췌하여 보이는 것이 참 슬펐다. 나는 꾸짖지 않고 맥주와 붕어과자와 장국밥을 사 먹여 가면서 금홍이를 위로해 주었다. 그러나 금홍이는 좀처럼 화를 풀지 않고 울면서 나를 원망하는 것이었다. 할 수 없어서 나도 그만 울어버렸다.

"그렇지만 너무 늦었다. 그만 해두 두 달 사이나 되지 않니? 헤어지자, 응?"

"그럼 난 어떻게 되우, 응?"

"마땅헌 데 있거든 가거라, 응."

"당신두 그럼 장가가나? 응?"

헤어지는 한*에도 위로해 보낼지어다. 나는 이런 양식 아래 금홍이와 이별했더니라. 갈 때 금홍이는 선물로 내게 베개를 주고

• **복하다** 점을 쳐서 정하다.
• **한** 상황이나 조건.

갔다.

그런데 이 베개 말이다.

이 베개는 이인용이다. 싫대도 자꾸 떠맡기고 간 이 베개를 나는 두 주일 동안 혼자 베어보았다. 너무 길어서 안됐다. 안됐을 뿐 아니라 내 머리에서는 나지 않는 묘한 머릿기름 땟내 때문에 안면•이 적이 방해된다.

나는 하루 금홍이에게 엽서를 띄웠다.

'중병에 걸려 누웠으니 얼른 오라'고.

금홍이는 와서 보니까 내가 참 딱했다. 이대로 두었다가는 역시 며칠이 못 가서 굶어 죽을 것같이만 보였던가 보다. 두 팔을 부르걷고 그날부터 나서 벌어다가 나를 먹여 살린다는 것이다.

"오—케—"

인간 천국……. 그러나 날이 좀 추웠다. 그러나 나는 대단히 안일하였기 때문에 재채기도 하지 않았다.

이러기를 두 달? 아니 다섯 달이나 되나 보다. 금홍이는 홀연히 외출했다.

달포를 두고 금홍이 홈씩•을 기대하다가 진력이 나서• 나는 기

• 안면 편안히 잠을 잠.
• 홈씩 homesick. '향수병에 걸린'이라는 뜻. 여기서는 '집으로 돌아가려는 마음'을 뜻함.
• 진력나다 오랫동안 또는 여러 번 하여 힘이 다 빠지고 싫증이 나다.

명집물•을 두들겨• 팔아버리고 21년 만에 집으로 돌아갔다.

와보니 우리 집은 노쇠했다. 이어 불초• 이상(李箱)은 이 노쇠한 가정을 아주 쑥밭을 만들어버렸다. 그동안 이태 가량…… 어언간 나도 노쇠해 버렸다. 나는 스물일곱 살이나 먹어버렸다.

천하의 여성은 다소간 매춘부의 요소를 품었느니라고 나 혼자는 굳이 신념한다. 그 대신 내가 매춘부에게 은화를 지불하면서는 한 번도 그네들을 매춘부라고 생각한 일이 없다. 이것은 내 금홍이와의 생활에서 얻은 체험만으로는 성립되지 않는 이론같이 생각되나 기실 내 진담이다.

4

나는 몇 편의 소설과 몇 줄의 시를 써서 내 쇠망해 가는 심신 위에 치욕을 배가하였다. 이 이상 내가 이 땅에서의 생존을 계속하기가 자못 어려울 지경에까지 이르렀다. 나는 하여간, 허울 좋게, 말하자면 망명해야겠다.

• **기명집물** 살림살이에 쓰는 그릇과 집 안에서 쓰는 온갖 물건.
• **두들겨** 마구, 함부로.
• **불초** 아들이 부모를 상대하여 자기를 낮추어 이르는 일인칭 대명사.

어디로 갈까. 나는 만나는 사람마다 동경으로 가겠다고 호언했다. 그뿐 아니라 어느 친구에게는 전기 기술에 관한 전문 공부를 하러 간다는 둥, 학교 선생님을 만나서는 고급 단식 인쇄술•을 연구하겠다는 둥, 친한 친구에게는 '내 5개 국어에 능통할 작정일세' 어쩌구, 심하면 '법률을 배우겠소'까지 허담•을 탕탕 하는 것이다. 웬만한 친구는 보통들 속나 보다. 그러나 이 헛선전을 안 믿는 사람도 더러는 있다. 하여간 이것은 영영 빈빈털털이가 되어버린 이상(李箱)의 마지막 공포•에 지나지 않는 것만은 사실이겠다.

어느 날 나는 이렇게 여전히 공포를 놓으면서 친구들과 술을 먹고 있자니까 내 어깨를 툭 치는 사람이 있다. '긴상'이라는 이다.

"긴상(이상도 사실은 긴상이다), 참 오래간만이슈. 건데 긴상, 꼭 긴상 한번 만나 뵙자는 사람이 하나 있는데 긴상 어떡허시려우?"

"거 누군구? 남자야, 여자야?"

"여자니까 일이 재미있지 않느냐 그런 말야."

"여자라?"

"긴상 옛날 옥상……."

금홍이가 서울에 나타났다는 이야기다. 나타났으면 나타났지

• **단식 인쇄술** 평판 인쇄의 하나로, 문자의 크기를 자유롭게 조절할 수 있는 인쇄 기술.
• **허담** 헛된 이야기.
• **공포** 실탄을 넣지 않고 소리만 나게 하는 총질. 여기서는 '실없는 소리'를 뜻함.

나를 왜 찾누?

나는 긴상에게서 금홍이의 숙소를 알아가지고 어쩔 것인가 망설였다. 숙소는 동생 일심이 집이다.

드디어 나는 만나보기로 결심하고 그리고 일심이 집을 찾아가서,

"언니가 왔다지?"

"어유— 아제두. 돌아가신 줄 알았구려! 그래 자그만치 인제 온단 말씀유, 어서 들오슈."

금홍이는 역시 초췌하다. 생활 전선에서의 피로의 빛이 그 얼굴에 여실하였다.

"네놈 하나 보구져서 서울 왔지. 내 서울 뭘 허러 왔다디?"

"그러게 또 난 이렇게 널 찾아오지 않었니?"

"너 장가갔다더구나."

"얘, 디끼(듣기) 싫다. 기 육모초 겉은 소리•."

"안 갔단 말이냐 그럼?"

"그럼."

당장에 목침이 내 면상을 향하여 날아 들어왔다. 나는 예나 다름이 없이 못나게 웃어주었다.

술상을 보아 왔다. 나도 한 잔 먹고 금홍이도 한 잔 먹었다. 나

• **육모초(익모초) 같은 소리** 듣기 싫은 쓴소리를 비유적으로 이르는 말.

는 영변가•를 한마디 하고 금홍이는 육자배기•를 한마디 했다.

밤은 이미 깊었고 우리 이야기는 이게 이 생(生)에서의 영이별이라는 결론으로 밀려갔다. 금홍이는 은수저로 소반• 전•을 딱딱 치면서 내가 한 번도 들은 일이 없는 구슬픈 창가•를 한다.

"속아도 꿈결, 속여도 꿈결. 굽이굽이 뜨내기 세상, 그늘진 심정에 불 질러버려라. 운운•."

《여성》 1936년 12월호에 실린 글을 바탕으로 함.

- **영변가** 평안도 영변 지방의 대표적인 민요. 조선 후기에 평안도의 행정부를 의주로 옮기는 것을 섭섭히 여긴 주민들이 지어 부른 노래.
- **육자배기** 남도(경기도 이남의 충청도와 전라도, 경상도, 제주도를 통틀어 이르는 말) 지방에서 부르는 잡가의 하나.
- **소반** 자그마한 밥상.
- **전** 물건의 위쪽 가장자리가 조금 넓적하게 된 부분.
- **창가** 갑오개혁 이후에 발생한 근대 음악 형식의 하나. 서양 악곡의 형식을 빌려 지은 간단한 노래.
- **운운** 글이나 말을 인용하거나 생략할 때에, 이러이러하다고 말함의 뜻으로 쓰는 말.

작품 이해하기

〈봉별기〉는 잡지 《여성》 1936년 12월호에 발표되었다. 주인공 '나'는 스물셋의 나이에 결핵에 걸려 요양차 B온천으로 간다. 하지만 그곳에서 머문 지 사흘 만에 찾아간 술집에서 '금홍'이라는 술집 여인을 만나게 된다. 금홍은 '체대가 비록 풋고추만 하나 깡그라진 계집이 제법 맛이 맵다'고 그려지는 여인이다. 많아야 열아홉이겠거니 생각하는 '나'에게 '열여섯 살에 머리 얹어서 열일곱 살에 낳았지.'라고 대차게 응수하는 여인이기도 하다. '나'는 금홍을 사랑하는 데만 골몰한다.

'나'는 금홍을 아내로 삼아 서로의 과거를 묻지 않은 채 사랑하며 살아간다. 하지만 금홍이 예전 생활에 대한 향수가 생겨 밖으로 돌게 되고, 때 묻은 버선만 남기고 집을 떠나고 만다. '나'는 떠나버린 금홍을 잊으려 하는데, 어느 날 금홍은 왕복 엽서처럼 다시 되돌아온다. 하지만 금홍의 외출은 멈추지 않고, 혼자 지내던 '나'가 병에 걸려 금홍에게 돌아오라는 엽서를 띄운다. 돌아온 금홍은 '나'를 먹여 살리겠다고 다짐하지만 그것도 잠시. 결국 금홍은 홀연히 외출하고 영 돌아오지 않는다.

결국 '나'는 부모님 집으로 되돌아가고 동경으로 떠나겠노라 다짐하며 지낸다. 그러는 사이 금홍이 서울로 돌아왔다는 소식을 듣고 금홍을 찾아가 다시 만난다. '나'와 금홍은 술상을 마주하고 앉아 창가를 부르며 이 생에서의 영이별을 나눈다.

주인공 '나'는 작가 이상의 삶과 상당 부분 겹치는데, 상대역으로 나오는 금홍 역시 이상과 함께 살았던 실존 인물이다. 이처럼 허구적 세계와 실제적 세계가 겹쳐진 채 이야기가 전개되는 소설은 일본의 '사소설(私小說)'에서 흔히 볼 수 있다.

'스물세 살이오, 삼월이요, 각혈이다.'라는 간명하면서도 충격적인 첫 문장은 청춘의 주인공, 인생의 봄날, 삼월의 생동적인 이미지에 '각혈'이라는 한 단어로 선명한 핏빛을 얼룩지게 한다. '나'와 금홍과의 만남과 헤어짐을 담은 3년간의 이 기록은 청춘의 시작에서 죽음을 마주한 주인공이 금홍과 함께 청춘의 마지막을 불사르는 과정을 서술한다.

주인공과 금홍이 재회하여 술상을 마주하고 앉아 창가를 부르는 장면은 이 작품의 백미다. '나'는 영변가를, 금홍은 육자배기를 한마디 하며, '우리 이야기는 이게 이 생에서의 영이별이라는 결론으로 밀려갔다.' 이 생에서의 영이별을 앞에 두고 서로에게 '속아도', '속여도', '꿈결 같다'고 맺음하는 구슬픈 창가는 이 생에서의 만남과 헤어짐이 아득했음을 전한다.

현실에서 이상은 금홍과 이별 후 또 다른 여인 변동림을 만나게 되고 그와 결혼한다. 살아 있으되 다시 연인으로 만나지 못하는 영이별의 길을 그대로 밟은 셈이다. 이상이 평생 사랑했던 여인 금홍과의 만남과 헤어짐이 담긴 〈봉별기〉는 담백하기에 오히려 더 오래 마음에 남는 작품이다.

작품 깊이읽기

만남과 헤어짐의 기록

만날 봉(逢), 헤어질 별(別) 기록할 기(記). 봉별기는 '만남과 헤어짐의 기록'이라는 뜻이다. 주인공 '나'와 금홍의 만남과 헤어짐을 뜻한다. 〈봉별기〉의 구성은 두 사람의 만남과 헤어짐의 과정을 따라 네 부분으로 나뉘어 있다. 각 부분은 '나'와 금홍의 만남, 사랑, 갈등, 헤어짐의 단계를 밟아간다.

이 소설은 주인공의 회고적 진술에 의해 서술되고 있다. 일반적으로 회고적 진술은 일종의 '고백체'여서 서술자의 내면을 섬세하게 드러낸다. 그런데 이 소설에서 주인공은 자기분석을 생략하고 금홍과의 만남과 헤어짐을 담담하게 서술하는 데만 집중한다. 어떤 감정적 굴곡도 드러내지 않고, 금홍을 알게 되었다가 함께 살고 떠나게 되는 과정을 담백하게 서술하고 있다. 이는 서사적 상황과의 거리두기를 위한 장치이기도 하다.

죽음 앞에서 만나게 된 사랑

이상은 스물세 살이던 1933년 결핵에 걸린다. 조선총독부 건축기사로, 소설

가로, 시인으로 차츰 자신의 천재성을 입증해 가던 자신만만한 청년 이상에게 결핵 발병은 충격적인 사건이었다. 당시 결핵은 한번 걸리면 완치가 어려운 병이었으므로, 이상에게 결핵은 사망 선고와 다름없었다. 〈봉별기〉는 바로 그 충격적인, 결핵 발병 사실을 담담하게 진술하는 것으로 시작한다.

'약 한 제 지어 들고 B라는 신개지 한적한 온천으로 갔다. 게서 나는 죽어도 좋았다.'라고 말하던 '나'는 그러나 사흘도 견디지 못하고 살고 싶어 한다. '아직 길이 펴지 못한 청춘'이 붙들고 늘어진 탓이다. 그래서 기어이 찾아간 술집에서 '나'는 금홍을 만난다. '나'는 금홍을 사랑하면서 죽음의 두려움을 잊는다. 금홍의 존재, 금홍을 향한 사랑의 힘이 각혈을 멈추게 했다. 누군가를 '사랑하는 힘'이 '살아가는 힘'이 되는 이치이다.

사랑은 움직이는 것

'나'는 금홍에게 놀음채를 주지 않았다. 즉 금홍과의 관계가 손님과 기생 사이 이상이었다는 것이다. '나'는 우씨와 C변호사 등에게 금홍을 권하기도 하는데, 그것은 '나'와 금홍이 금전적 거래로 이루어지는 관계에 연연할 정도가 아니며 동시에 그렇게 권하는 것 자체가 '나'와 금홍 사이의 확고함을 확인하는 것이라고 볼 수도 있다.

그러다 금홍에게 '숨기는 것'이 생기면서 둘의 사이에 거리가 생기게 된다. 금홍이 온천에 있을 때 '나' 아닌 다른 사람과의 만남으로 생긴 돈을 자랑하곤 했는데, 그러지 않게 되었다는 것은 금홍이 다른 사람과의 관계를 감추고 싶어진 것이다. 이는 두 사람의 관계가 온전한 연인 사이에서 어긋나고 있음을 뜻한다. 결국 금홍은 왕복 엽서처럼 떠나고 돌아오고를 반복하다 '나'와 영이별을 하게 된다.

이상이 사랑한 여인들

이상의 첫 번째 여인은 금홍이다. 1933년, 폐결핵을 앓던 23세의 이상은 황해도에 있는 배천의 한 온천으로 요양을 간다. 거기서 기생 금홍을 만나 사랑에 빠진다. 서울로 돌아온 이상은 다방 '제비'를 차리고 금홍을 마담으로 불러 3년간 동거한다. 금홍과 정식으로 결혼을 한 것은 아니지만 이상은 〈지주회시〉, 〈날개〉, 〈봉별기〉 등의 작품에서 그를 '아내'로 등장시킨다.

이상의 두 번째 여인은 카페 여급이던 권순옥이다. 이상은 1935년 카페 '학(쓰루)'을 인수해 운영하는데 여기서 여급 권순옥을 알게 된다. 하지만 이상의 친구 정인택이 권순옥을 짝사랑하여 자살 소동을 벌이고, 이상은 스스로 나서 권순옥과 정인택을 이어주며 권순옥과의 만남은 짧게 끝나고 만다. 이 만남의 전말은 소설 〈환시기〉에서 다루어진다.

이상의 마지막 여인은 이화여대를 다니던 신여성이자 이상의 절친한 친구 구본웅의 이복동생인 변동림이다. 이상은 1935년 말부터 구본웅의 주선으로 '창문사에'라는 인쇄소에 근무하게 되는데, 여기서 구본웅의 소개로 변동림을 알게 된다. 이상과 변동림은 1936년 6월 결혼해 경성 황금정에 신혼살림을 차린다. 그리고 이듬해 이상이 사망할 때 곁을 지켰다.

지주회시

날개

봉별기

종생기

종생기

극유산호(郤遺珊瑚)•, 요 다섯 자(字) 동안에 나는 두 자 이상의 오자를 범했는가 싶다. 이것은 나 스스로 하늘을 우러러 부끄러워할 일이겠으나 인지가 발달해 가는 면목•이 실로 약여하다.•

죽는 한이 있더라도 이 산호 채찍일랑 꽉 쥐고 죽으리라. 네 폐포파립• 위에, 퇴색한 망해• 위에 봉황이 와 앉으리라.

나는 내 〈종생기〉가 천하 눈 있는 선비들의 간담을 서늘하게 해 놓기를 애틋이 바라는 일념 아래인 만큼, 인색한 내 맵시의 절약법을 피력하여 보인다.

일발포성•에 부득이 영웅이 되고 만 희대•의 군인 모(某)는 아흔

- **극유산호** 최국보의 〈소년행〉이라는 한시에 나오는 첫 구절인 '유각산호편(遺卻珊瑚鞭, 산호 채찍 어딘가 잃어버렸더니)'을 의도적으로 잘못 쓴 것.
- **면목** 모습.
- **약여하다** 눈앞에 생생하게 나타나다.
- **폐포파립** 해어진 옷과 부서진 갓이란 뜻으로, 초라한 차림새를 비유적으로 이르는 말.
- **망해** 주검을 태우고 남은 뼈. 또는 무덤 속에서 나온 뼈.
- **일발포성** 한 발의 대포 소리.
- **희대** 세상에 드묾.

에 귀를 단• 황송한 일생을 끝막던• 날 이렇다는 유언 한마디를 지껄이지 않고 그 임종의 장면을 곧잘 (무사히 후— 한숨이 나올 만큼) 넘겼다.

그런데 우리들의 레우오치카•(애칭 톨스토이)는 괴나리봇짐•을 짊어지고 나선 데까지는 기껏 그럴 성싶게 꾸며가지고 마지막 5분에 가서 그만 잡았다.• 자자레한 유언 나부랭이로 말미암아 70년 공든 탑을 무너뜨렸고 허울 좋은 일생에 가실 수 없는 흠집을 하나 내어놓고 말았다.

나는 일개 교활한 옵서버•의 자격으로 그런 우매한 성인들의 생애를 방청하여 있으니 내가 그런 따위 실수를 알고도 재범할 리가 없는 것이다.

거울을 향하여 면도질을 한다. 잘못해서 나는 생채기를 낸다. 나는 골을 벌컥 낸다.

그러나 와글와글 들끓는 여러 '나'와 나는 정면으로 충돌하기 때문에, 그들은 제각기 베스트를 다하여 제 자신만을 변호하는 때문에, 나는 좀처럼 범인을 찾아내기는 어렵다는 것이다.

- **귀를 단** 정확한 뜻을 알 수 없음.
- **끝막다** 끝마치다. 일의 끝을 짓다.
- **레우오치카** Leo Cheka. 교황 비밀경찰.
- **괴나리봇짐** 걸어서 먼 길을 떠날 때에 보자기에 싸서 어깨에 메는 작은 짐.
- **잡다** 잡치다. 기분, 일 따위를 망치다.
- **옵서버** 참관인.

그러기에 대저 어리석은 민중들은 '원숭이가 사람 흉내를 내네.' 하고 마음을 놓고 지내는 모양이지만, 사실 사람이 원숭이 흉내를 내고 지내는바 짜장• 지당한 전고•를 이해하지 못하는 탓이리라.

오호라. 일거수일투족이 이미 아담 이브의 그런 충동적 습관에서는 탈각한• 지 오래다. 반사운동•과 반사운동 틈바구니에 끼어서 잠시 실로 전광석화•만큼 손가락이 자의식의 포로가 되었을 때, 나는 모처럼 내 허무한 세월 가운데 한각되어• 있는 기암(奇岩)•, 내 콧잔등이를 좀 만지작만지작했다거나, 고귀한 대화와 대화 늘어선 쇠사슬 사이에도 정히 간발•을 허용하는 들창이 있나니, 그 서슬 퍼런 날〔刀〕이 자의식을 건잡을 사이도 없이 양단하는• 순간 나는 내 명경같이 맑아야 할 지보(至寶)• 두 눈에 혹시 눈곱이 끼지나 않았나 하는 듯이 적절하게 주름살 잡힌 손수건을 꺼

- **짜장** 정말로.
- **전고** 규칙이나 법칙의 근거로 삼을 만한 옛일.
- **탈각하다** 잘못된 생각이나 나쁜 상황에서 벗어나다.
- **반사운동** 자극에 대해 무의식적으로 일어나는 운동. '충동적 습관'과 비슷한 말.
- **전광석화** 번갯불이나 부싯돌의 불이 번쩍거리는 것과 같이 매우 짧은 시간이나 매우 재빠른 움직임을 이르는 말.
- **한각되다** 무심하게 내버려지다.
- **기암** 기이한 바위. 기이한 언덕. '코'를 가리킴.
- **간발** 아주 잠시 또는 아주 적음을 이르는 말.
- **양단하다** 하나를 둘로 나누거나 끊다.
- **지보** 더없이 귀하거나 중요한 사람이나 물건.

내어서는 그 두 눈을 만지작만지작했다거나…….

내 혼백과 사대(四大)•의 점잖은 태만성•이 그런 사소한 연화(煙火)•들을 일일이 따라다니면서(보고 와서) 내 통괄되는 처소에다 일러바쳐야만 하는 그런 압도적 망쇄•를 나는 이루 감당해 내는 수가 없다.

그러나 나는 내 지중한• 산호편•을 자랑하고 싶다.

'쓰레기', '우거지'

이 구지레한• 단자•의 분위기를 족하•는 족히 이해하십니까?

족하는 족하가 기독교식으로 결혼하던 날 '네이브 앤드 아일•'에서 이 '쓰레기' '우거지'에 근이한• 감흥을 맛보았으리라고 생각이 되는데, 과연 그렇지는 않으십니까?

나는 그런 '쓰레기'나 '우거지' 같은 테잎•을 (내 종생기 처처에다

- **사대** 사람의 몸. 세상 만물을 구성하는 땅, 물, 불, 바람 네 가지 요소로 이루어졌다고 하여 이렇게 이른다.
- **태만성** 열심히 하려는 마음이 없고 게으른 특성.
- **연화** 인가에서 불을 때어 나는 연기라는 뜻으로, 사람이 사는 기척 또는 인가를 이르는 말.
- **망쇄** 정신을 차릴 수 없을 정도로 매우 바쁨.
- **지중하다** 더할 수 없이 귀중하다.
- **산호편** 산호 채찍.
- **구지레하다** 더럽고 구질구질하다.
- **단자** 단어를 표시한 글자.
- **족하** 여러분.
- **네이브 앤드 아일** nave and aisle. 교회 식장 통로.
- **근이하다** 가깝다.
- **테잎** 결혼식할 때 사용하는 오색테이프.

가련히 심어놓은 자자레한 치레•를 위하여) 뿌려보려는 것인데…….

다행히 박수하다•. 이상(以上).

'치사(侈奢)한• 소녀는', '해동기•의 시냇가에 서서', '입술이 낙화(落花) 지듯 좀 파래지면서', '박빙(薄氷)• 밑으로는 무엇이 저리도 움직이는가 하고', '고개를 갸웃거리는 듯이 숙이고 있는데', '봄 운기를 품은 훈풍이 불어와서', '스커트' 아니 아니, '너무나' 아니, 아니, '좀' '슬퍼 보이는 홍발•을 건드리면' 그만. 더 아니다. 나는 한마디 가련한 어휘를 첨가할 성의를 보이자.

'나붓 나붓'.

이만하면 완비된 장치에 틀림없으리라. 나는 내 〈종생기〉의 서장을 꾸밀 그 소문 높은 산호편을 더 여실히 하기 위하여 위와 같은, 실로 나로서는 너무나 과람히• 치사스럽고 어마어마한 세간살이를 장만한 것이다.

그런데…….

- **치레** 잘 손질해 꾸미는 일.
- **박수하다** 박수를 치다.
- **치사하다** 사치스럽다.
- **해동기** 얼었던 것이 녹아서 풀리는 시기.
- **박빙** 살얼음.
- **홍발** 붉은 머리카락.
- **과람히** 분수에 넘치게.

혹 지나치지나 않았나. 천하에 형안•이 없지 않으니까 너무 금칠을 많이 했다가는 서툴리 들킬 염려가 있다. 허나…….

그냥 어디 이대로 써〔用〕보기로 하자.

나는 지금 가을바람이 자못 소슬한 내 구중중한 방에 홀로 누워 종생하고• 있다.

어머니 아버지의 충고에 의하면 나는 추호의 틀림도 없는 만 25세와 11개월의 '홍안 미소년'이라는 것이다. 그렇건만 나는 확실히 노옹이다. 그날 하루하루가 '인생은 짧고 예술은 길다랗다.' 하는 엄청난 평생이다.

나는 날마다 운명하였다. 나는 자던 잠(이 잠이야말로 언제 시작한 잠이더냐)을 깨면 내 통절한• 생애가 개시되는데, 청춘이 여지없이 탕진되는 것은 이불을 푹 뒤집어쓰고 누웠지만 역력히 목도한다.

나는 노래(老來)•에 빈한한 식사를 한다. 12시간 이내에 종생을 맞이하고, 그리고 할 수 없이 이리 궁리 저리 궁리 유언다운 글이 어디 유실되어 있지 않나 하고 찾고, 찾아서는 그중 의젓스러운• 놈으로 몇 추린다.

- **형안** 사물에 대한 뛰어난 관찰력을 비유적으로 이르는 말.
- **종생하다** 목숨이 다하다.
- **통절하다** 매우 절실하다.
- **노래** 늘그막.
- **의젓스럽다** 보기에 매우 의젓한 데가 있다.

그러나 고독한 만년 가운데 한 구의 에피그램•을 얻지 못하고 그대로 처참히 나는 물고하고• 만다.

일생의 하루…….

하루의 일생은 대체 (우선) 이렇게 해서 끝나고 끝나고 하는 것이었다.

자— 보아라.

이런 내 분장•은 좀 과하게 치사스럽다는 느낌은 없을까, 없지 않다.

그러나 위풍당당 일세를 풍미할 만한 참신무비(斬新無比)한• 햄릿(망언다사•)을 하나 출세시키기 위하여는 이만한 출자는 아끼지 말아야 하지 않을까 하는 느낌도 없지 않다.

나는 가을. 소녀는 해동기.

어느 제나 이 두 사람이 만나서 즐거운 소꿉장난을 한번 해보리까.

나는 그해 봄에도…….

부질없는 세상이 스스러워서 상설• 같은 위엄을 갖춘 몸으로 한

• **에피그램** 기억에 남고, 짧고 흥미롭고 풍자적인 서술.
• **물고하다** 죽다.
• **분장** 꾸미고 치장함. '나'가 방에 누워 자신에 대해 설명한 것.
• **참신무비하다** 새롭고 산뜻함이 비교할 데가 없다.
• **망언다사** 망언에 깊이 사죄함. 잘난 체하는 말을 해서 미안하다는 말.
• **상설** 눈과 서리.

심한 불우의 일월(日月)을 맞고 보내지 않으면 안 되었다.

미문(美文), 미문, 애아(曖呀)•! 미문.

미문이라는 것은 적이 조처하기 위험한 수작이니라.

나는 내 감상의 꿀방구리• 속에 청산 가던 나비처럼 마취• 혼사(昏死)하기• 자칫 쉬운 것이다. 조심 조심 나는 내 맵시를 고쳐야 할 것을 안다.

나는 그날 아침에 무슨 생각에서 그랬던지 이를 닦으면서 내 작성 중에 있는 유서 때문에 끙끙 앓았다.

열세 벌의 유서가 거의 완성해 가는 것이었다. 그러나 그 어느 것을 집어내 보아도 다 같이 서른여섯 살에 자수(自殊)한• 어느 '천재'가 머리맡에 놓고 간 개세(蓋世)의 일품(逸品)•의 아류에서 일보를 나서지 못했다. 내게 요만 재주밖에는 없느냐는 것이 다시없이 분하고 억울한 사정이었고 또 초조의 근원이었다. 미간을 찌푸리되 가장 고매한 얼굴은 지속해야 할 것을 잊어버리지 않고, 그리고 계속하여 끙끙 앓고 있노라니까 (나는 일시일각•을 허송하지

- **애아** 정확한 뜻을 알 수 없으나 감탄의 뜻을 나타내는 듯함.
- **꿀방구리** 꿀을 담아놓은 그릇.
- **마취** 감각을 잃음. 또는 판단력을 잃음.
- **혼사하다** 정신을 잃고 쓰러지다.
- **자수하다** 스스로 목숨을 끊다.
- **개세의 일품** 세상이 높이 평가할 만한 뛰어난 작품.
- **일시일각** 잠깐 동안의 짧은 시간.

는 않는다. 나는 없는 지혜를 끊이지 않고 쥐어짠다) 속달 편지가 왔다. 소녀에게서다.

선생님! 어제저녁 꿈에도 저는 선생님을 만나 뵈었습니다. 꿈 가운데 선생님은 참 다정하십니다. 저를 어린애처럼 귀여워해 주십니다. 그러나 백일(白日)• 아래 표표(表表)하신• 선생님은 저를 부르시지 않습니다.

비굴이라는 것이 무슨 빛으로 되어 있나 보시랴거든 선생님은 거울을 한번 보아 보십시오. 거기 비치는 선생님의 얼굴빛이 바로 비굴이라는 것의 빛입니다.

헤어진 부인과 3년을 동거하시는 동안에 '너 가거라' 소리를 한마디도 하신 일이 없다는 것이 선생님의 유일의 자만이십디다그려! 그렇게까지 선생님은 인정에 구구(苟苟)하신가요•.

R과도 깨끗이 헤어졌습니다. S와도 절연한 지 벌써 다섯 달이나 된다는 것은 선생님께서도 믿어주시는 바지요? 다섯 달 동안 저에게는 아무것도 없습니다. 저의 청절(淸節)을 인정해 주시기 바랍니다. 저의 최후까지 더럽히지 않은 것을 선생님께 드리겠습니다. 저의 희멀건 살의 매력이 이렇게 다섯 달 동안이나 놀고 있는 것은 참 무

- **백일** 구름이 끼지 않아 밝게 빛나는 해.
- **표표하다** 사람의 생김새나 풍채, 옷차림 등이 눈에 띄게 두드러지다.
- **구구하다** 구차하다. 말이나 행동이 떳떳하지 못하다.

엇이라고 말할 수 없이 아깝습니다. 저의 잔털 나스르르한• 목영한• 온도가 선생님을 기다리고 있습니다. 선생님이여! 저를 부르십시오. 저더러 영영 오라는 말을 안 하시는 것은 그것 역시 가신 적 경우와 똑같은 이론에서 나온 구구한 인생 변호의 치사스러운 수법이신가요?

영원히 선생님 '한 분'만을 사랑하지요. 어서 어서 저를 전적으로 선생님만의 것을 만들어주십시오. 선생님의 '전용'이 되게 하십시오.

제가 아주 어수룩한 줄 오산하고 계신 모양인데 오산치고는 좀 어림없는 큰 오산이리다.

'네 딴은 제법 든든한 줄만 믿고 있는 네 그 안전지대라는 것을 너는 아마 하나 가진 모양인데 그까짓 것쯤 내 말 한마디에 사태가 나고 말리라.' 이렇게 일러 드리고 싶습니다. 또……

'예끼! 구역질 나는 인생 같으니.' 이러고도 싶습니다.

3월 3일 날 오후 두 시에 동소문 버스정류장 앞으로 꼭 와야 되지, 그렇지 않으면 큰일 나요. 내 징벌을 안 받지 못하리다.

만 19세 2개월을 맞이하는

정희 올림

이상 선생님께

• **나스르르하다** 가늘고 보드라운 털이나 풀 따위가 짧고 성기게 나 있다.
• **목영하다** 오는 사람을 말없이 바라보며 맞이하다.

물론 이것은 죄다 거짓부렁이다. 그러나 그 일촉즉발의 아슬아슬한 용심법(用心法)•이, 특히 그중에도 결미의 비견할 데 없는 청초함이 장히 질풍신뢰•를 품은 듯한 명문이다.

나는 까무러칠 뻔하면서 혀를 내둘렀다. 나는 깜빡 속기로 한다. 속고 만다.

여기 이 '이상 선생님'이라는 허수아비 같은 나는 지난밤 사이에 내 평생을 경력했다. 나는 드디어 쭈굴쭈굴하게 노쇠해 버렸던 차에 아침(이 온 것)을 보고 '이키! 남들이 보는 데서는 나는 가급적 어쭙잖게 (잠을) 자야 되는 것이어늘.' 하고 늘 이를 닦고 그러고는 도로 얼른 자 버릇하는 것이었다. 오늘도 또 그럴 셈이었다.

사람들은 나를 보고 짐짓 기이하기도 해서 그러는지 경천동지•의 육중한 경륜을 품은 사람인가 보다고들 속는다. 그러니까 그렇게 하는 것이 내 시시한 자세나마 유지시킬 수 있는 유일무이의 비결이었다. 즉 나는 남들 좀 보라고 낮에 잔다.

그러나 그 편지를 받고 흔희작약•, 나는 개세의 경륜과 유서의 고민을 깨끗이 씻어버리기 위하여 바로 이발소로 갔다. 나는 여간

- **용심법** 사람의 마음을 이용하는 법.
- **질풍신뢰** 심한 바람과 번개라는 뜻으로, 빠르고 심하게 변하는 상태를 이르는 말.
- **경천동지** 하늘을 놀라게 하고 땅을 뒤흔든다는 뜻으로, 세상을 몹시 놀라게 함을 비유적으로 이르는 말.
- **흔희작약** 몹시 좋아서 뛰며 기뻐함.

아니 호걸답게 입술에다 치분•을 허옇게 묻혀가지고는 그 현란한 거울 앞에 가 앉아 이제 호화장려하게• 개막하려 드는 내 종생을 유유히 즐기기로 거기 해당하게 내 맵시를 수습하는 것이었다.

우선 그 작소•라는 뇌명•까지 있는 봉발•을 썰어서 상고머리라는 것을 만들었다. 오각수•는 깨끗이 도태해 버렸다. 귀를 우비고 코털을 다듬었다. 안마도 했다. 그리고 비누 세수를 한 다음 문득 거울을 들여다보니 품(品)• 있는 데라고는 한 귀퉁이도 없어 보이는 듯하면서 또한 태생을 어찌 어기리오. 좋도록 말해서 '라파엘 전파(前派)• 일원같이 그렇게 청초한 백면서생•이라고도 보아줄 수 있지.' 하고 실없이 제 얼굴을 미남자거니 고집하고 싶어 하는 구지레한 욕심을 내심 탄식하였다.

아차! 나에게도 모자가 있다. 겨우내 꾸겨 박질러• 두었던 것을 부득부득 끄집어내어다 15분간 세탁소로 가지고 가서 멀쩡하게

- **치분** 가루로 된 치약.
- **호화장려하다** 호화롭고 화려하다.
- **작소** 까치집.
- **뇌명** 별명. 세상에 널리 드러나 알려진 이름.
- **봉발** 텁수룩하게 흐트러진 머리털.
- **오각수** 윗입술의 양쪽, 양 볼, 턱에 난 털이 오각형을 이루고 있다는 뜻으로, 수염을 이르는 말.
- **품** 품격, 품위.
- **라파엘 전파** 1848년에 영국의 화가들이 결성한 개혁적인 문예 유파.
- **백면서생** 글만 읽고 세상일에는 전혀 경험이 없는 사람.
- **박지르다** 처박지르다. 처박다.

만들었다. 그리고 흰 바지저고리에 고동색 대님을 다 치고 차림차림이 제법 이색•이 있다. 공단•은 못 되나마 능직• 두루마기에 이만하면 고왕금래• 모모(某某)한• 천재의 풍모에 비겨도 조금도 손색이 없으리라. 나는 내 그런 여간 이만저만하지 않은 풍모를 더욱더욱 이만저만하지 않게 모더파이어• 하기 위하여 가늘지도 굵지도 않은 그다지 알맞은 단장•을 하나 내 손에 쥐여 주어야 할 것도 때마침 잊어버리지는 않았다.

별수 없이……

오늘이 즉 3월 3일인 것이다.

나는 점잖게 한 30분쯤 지각해서 동소문 지정받은 자리에 도착하였다. 정희는 또 정희대로 아주 정희답게 한 30분쯤 일찍 와서 있다.

정희의 입상•은 제정러시아• 적 우표딱지처럼 적잖이 슬프다.

• **이색** 보통의 것과 색다름.
• **공단** 두껍고, 무늬는 없지만 윤기가 도는 비단.
• **능직** 부드럽고 구김이 가지 않으며 윤이 나는 천.
• **고왕금래** 예전부터 지금까지.
• **모모한** '모모'는 '특정하지 않은 사람들'을 가리키는 말. 여기서 '모모한'은 '다양한', '여러' 정도의 뜻으로 쓰임.
• **모더파이어** modifier. 변경, 수정.
• **단장** 짧은 지팡이.
• **입상** 서 있는 모습.
• **제정러시아** 제국주의 러시아. 1917년의 2월 혁명으로 '소비에트 사회주의 공화국 연방'이 되기 전의 러시아.

이것은 아직도 얼음을 품은 바람이 해토머리*답게 싸늘해서 말하자면 정희의 모양을 얼마간 침통하게 해 보일 탓이렷다.

나는 이런 경우에 천만뜻밖에도 '눈물이 핑 눈에 그뜩 돌아야 하는 것이 꼭 맞는 원칙으로서의 의표*가 아닐까.' 그렇게 생각하면서 저벅저벅 정희 앞으로 다가갔다.

우리 둘은 이 땅을 처음 찾아온 제비 한 쌍처럼 잘 앙증스럽게 만보하기* 시작했다. 걸어가면서도 나는 내 두루마기에 잡히는 주름살 하나에도, 단장을 한번 휘젓는 곡절에도 세세히 조심한다. 나는 말하자면 내 우연한 종생을 깜쪽스럽도록 찬란하게 허식하기* 위하여, 내 박빙을 밟는 듯한 포즈를 아차 실수로 무너뜨리거나 해서는 절대로 안 된다는 것을 굳게굳게 명하고* 있는 까닭이다.

그러면 맨 처음 발언으로는 나는 어떤 기절참절한* 경구*를 내어놓아야 할 것인가? 이것 때문에 또 잠깐 머뭇머뭇하지 않을 수도 없었지만 그렇다고 바로 대고 '거 어쩌면 그렇게 똑 제정러시아 적 우표딱지같이 초초하니* 어쩌니' 하는 수는 차마 없다.

- **해토머리** 얼었던 땅이 녹아서 풀리기 시작할 때.
- **의표** 뜻을 드러내는 표시.
- **만보하다** 한가롭게 천천히 걷다.
- **허식하다** 겉으로 꾸미다.
- **명하다** 새기다. 기억하다.
- **기절참절한** 기특하고 절묘한.
- **경구** 사람을 놀라게 할 만큼 잘 지은 시구. 여기서는 '멋있는 말' 정도의 뜻.
- **초초하다** 차림새나 모양이 말쑥하고 깨끗하다.

나는 선뜻,

"설마가 사람을 죽이느니."

하는 소리를 저 배 속에서부터 우러나오는 듯한 그런 가라앉은 목소리에 꽤 명료한 발음을 얹어서 정희 귀 가까이다 대고 지껄여 버렸다. 이만하면 아마 그 경우의 최초의 발성으로는 무던히 성공한 편이리라. 뜻인즉, 네가 오라고 그랬다고 그렇게 내가 불쑥 올 줄은 너 꿈에도 생각하지 못했으리라는 꼼꼼한 의도다.

나는 아침 반찬으로 콩나물을 3전• 어치는 안 팔겠다는 것을 교묘히 무사히 3전 어치만 살 수 있는 것과 같은 미끈한 쾌감을 맛본다. 내 딴은 다행히 노랑돈• 한 푼도 참 용하게 낭비하지는 않은 듯싶었다.

그러나 그런 내 청천에 벽력이 떨어진 것 같은 인사에 대하여 정희는 실로 대답이 없다. 이것은 참 큰일이다.

아이들이 '고추 먹고 맴맴 담배 먹고 맴맴' 하고 노는 그런 암팡진• 수단으로 그냥 단번에 나를 어지러뜨려서는• 넘어뜨려 버릴 작정인 모양이다.

정말 그렇다면!

• 전 우리나라의 옛 화폐 단위. 1전은 1원이나 1환의 100분의 1.
• **노랑돈** 몹시 아끼는 많지 않은 돈을 낮잡아 이르는 말.
• **암팡지다** 몸은 작아도 힘차고 야무지다.
• **어지러뜨리다** 어지럽게 하다.

이 상쾌한 정희의 확호• 부동자세야말로 엔간치• 않은 출품(出品)이 아닐 수 없다. '내가 내어놓은바 살인촌철•은 그만 즉석에서 분쇄되어 가엾은 부작(不作)•으로 내려 떨어지고 마는 것이다.' 하고 나는 느꼈다.

나는 나로서 할 수 있는 가장 큰 규모의 손짓 발짓을 한 벌 해 보이고 이윽고 낙담하였다는 것을 표시하였다. 일이 여기 이른 바에는 내 포즈 여부가 문제 아니다. 표정도 인제 더 써먹을 것이 남아 있을 성싶지도 않고 해서 나는 겸연쩍게 안색을 좀 고쳐가지고 그리고 "정희! 그럼 나는 가겠소." 하고 깍듯이 인사하고 그리고?

나는 발길을 돌쳐서• 집을 향해 걷기 시작했다. 내 파란만장의 생애가 자자레한 말 한마디로 하여 그만 회신•으로 돌아가고 만 것이다. 나는 '세상에도 참혹한 풍채 아래서 내 종생을 치룬 것이다.'라고 생각하면서, 그렇다면 그럼 그럴 성싶기도 하게 단장도 한두 번 휘두르고 입도 좀 일기죽일기죽해• 보기도 하고 하면서 행차하는 체해 보인다.

- **확호하다** 아주 든든하고 굳세다.
- **엔간하다** 어지간하다. 보통에 가깝거나 그보다 약간 더 하다.
- **살인촌철** 촌철살인. 한 치의 쇠붙이로도 사람을 죽일 수 있다는 뜻으로, 간단한 말로도 남을 감동하게 하거나 남의 약점을 찌를 수 있음을 이르는 말.
- **부작** 작품이 아닌 것.
- **돌치다** 되돌다. 향하던 곳에서 반대쪽으로 방향을 바꾸다.
- **회신** 불에 타고 남은 재.
- **일기죽일기죽하다** 입을 이리저리 자꾸 느리게 움직이다.

5초, 10초, 20초, 30초, 1분…….

결코 뒤를 돌아다보거나 해서는 못쓴다. 어디까지든지 사심 없이 패배한 체하고 걷는 체한다. 실심한 체한다.

나는 사실은 좀 어지럽다. 내 쇠약한 심장으로는 이런 자약한• 체조를 그렇게 장시간 계속하기가 썩 어려운 것이다.

묘지명•이라. 일세의 귀재• 이상(李箱)은 그 통생•의 대작 〈종생기〉 한 편을 남기고 서력 기원후 1937년 정축 3월 3일 미시• 여기 백일(白日) 아래서 그 파란만장(?)의 생애를 끝막고 문득 졸하다. 향년• 만 25세와 11개월. 오호라! 상심하도다. 허탈이야. 잔존하는 또 하나의 이상(李箱) 구천을 우러러 호곡하고• 이 한산(寒山)• 일편석(一片石)•을 세우노라. 애인 정희는 그대의 몰후• 수삼인•의 비첩 된 바 있고 오히려 장수하니 지하의 이상(李箱)아! 바라건댄

- **자약하다** 보통 때처럼 침착하다.
- **묘지명** 묘지에 기록한 글.
- **귀재** 세상에서 보기 드물게 뛰어난 재능을 가진 사람.
- **통생** 한평생.
- **미시** 오후 1시부터 3시 사이.
- **향년** 한평생 살아 누린 나이. 죽을 때의 나이.
- **호곡하다** 소리를 내어 슬피 울다.
- **한산** 쓸쓸한 무덤.
- **일편석** 한 조각의 비석.
- **몰후** 죽고 난 이후.
- **수삼인** 여러 사람.

명목하라.[*]

그리 칠칠치는 못하나마 이만큼 해가지고 이 꼴 저 꼴 구지레한 흠집을 살짝 도회하기로[*] 하자. 고만[*] 실수는 여상(如上)[*]의 묘기로 겸사겸사 메꾸고 다시 나는 내 반생의 진용(陣容)[*] 후일에 관해 차근차근 고려하기로 한다. 이상(以上).

역대의 에피그램[*]과 경국[*]의 철칙[*]이 다 내게 있어서는 내 위선을 암장하는[*] 한 스무드한[*] 구실에 지나지 않는다. 실로 나는 내 낙명[*]의 자리에서도 임종의 합리화를 위하여 코로[*]처럼 도색[*]의 팔레트를 볼 수도 없거니와 톨스토이처럼 탄식해 주고 싶은 쥐꼬리만 한 금언[*]의 추억도 가지지 않고 그냥 난데없이 다리를 삐어 넘어지듯이 스르르 죽어가리라.

- **명목하다** 눈을 감다.
- **도회하다** 재능이나 학식을 숨겨 감추다. 종적을 감추다.
- **고만** 그만한.
- **여상** 위와 같음.
- **진용** 형편이나 상태.
- **에피그램** 경구, 풍자시.
- **경국** 나라를 위태롭게 함.
- **철칙** 바꾸거나 어길 수 없는 중요한 법칙.
- **암장하다** 남몰래 장사를 지내다. 남몰래 시신을 파묻다.
- **스무드하다** 매끄럽다, 순조롭다.
- **낙명** 떨어진 명성이나 명예.
- **코로**(1796~1875) 인상파의 선구자로 꼽히는 프랑스의 화가.
- **도색** 복숭아꽃의 빛깔과 같이 연한 분홍색.
- **금언** 삶에 본보기가 될 만한 귀중한 내용을 담고 있는 짤막한 어구.

거룩하다는 칭호를 휴대하고 나를 찾아오는 '연애'라는 것을 응수하는 데 있어서도 어디서 어떤 노소간의 의뭉스러운 선인•들이 발라먹고 내어버린 그런 유훈•을 나는 헐값에 거둬들여다가는 제련 재탕 다시 써먹는다.

그러는 줄로만 알았다가도 또 내게 혼나는 경우가 있으리라.

나는 찬밥 한 술 냉수 한 모금을 먹고도 넉넉히 일세를 위압할 만한 '고언'•을 적적(摘摘)할• 수 있는 그런 지혜의 실력을 가졌다.

그러나 자의식의 절정 위에 발돋움을 하고 올라선 단말마•의 비결을 보통 야시• 국수버섯을 팔러 오신 시골 아주먼네에게 서너 푼에 그냥 넘겨주고 그만두는, 그렇게까지 자신의 에티켓을 미화시키는 겸허의 방식도 또한 나는 무루(無漏)히• 터득하고 있는 것이다. 당목할지어다.• 이상(以上).

난마•와 같이 갈피를 잡을 수 없는 얼마간 비극적인 자기 탐구.

이런 흙발 같은 남루한 주제는 문벌이 버젓한 나로서 채택할 신

- **선인** 지나간 시대의 사람.
- **유훈** 죽은 사람이 남긴 훈계.
- **고언** 듣기에는 거슬리나 도움이 되는 말.
- **적적하다** 뽑아내거나 들추어내다.
- **단말마** 임종. 죽음을 맞이함.
- **야시** 밤에 벌이는 시장.
- **무루히** 빠짐없이.
- **당목하다** 똑바로 쳐다보다.
- **난마** 어지럽게 얽힌 삼실의 가닥.

세가 아니거니와 나는 태서•의 에티켓으로 차 한 잔을 마실 적의 포즈에 대하여도 세심하고 세심한 용의•가 필요하다.

휘파람 한 번을 분다 치더라도 내 극비리에 정선 은닉된 절차를 온고하여야만• 한다. 그런 다음이 아니고는 나는 희망 잃은 황혼에서도 휘파람 한마디를 마음대로 불 수는 없는 것이다.

동물에 대한 고매한 지식?

사슴, 물오리, 이 밖의 어떤 종류의 동물도 내 애니멀 킹덤에서는 탈락되어 있어야 한다. 나는 이 수렵용으로 귀여이 가여이 되어먹어 있는 동물 외의 동물에 언제든지 무가내하•로 무지하다.

또……

그럼 풍경에 대한 오만한 처신법?

어떤 풍경을 묻지 않고 풍경의 근원, 중심, 초점이 말하자면 나하나 '도련님'다운 소행에 있어야 할 것을 방약무인•으로 강조한다. 나는 이 맹목적 신조를 두 눈을 그대로 딱 부르감고• 믿어야 된다.

• **태서** 서양.
• **용의** 어떤 일을 하려고 마음을 먹음.
• **온고하다** 옛것을 익히다.
• **무가내하** 달리 어찌할 수 없음.
• **방약무인** 곁에 사람이 없는 것처럼 아무 거리낌 없이 함부로 말하고 행동함.
• **부르감다** 힘을 주어 꽉 감다.

자진한• '우매', '몰각'이 참 어렵다.

보아라. 이 자득하는• 우매의 절기•를! 몰각의 절기를.

백구(白鷗)는 의백사(宜白沙)하니 막부춘초벽(莫赴春草碧)하라.•

이태백. 이 전후만고(前後萬古)의 으리으리한 '화족'•. 나는 이태백을 닮기도 해야 한다. 그러기 위하여 오언절구 한 줄에서도 한 자가량의 태연자약한 실수를 범해야만 한다. 현란한 문벌이 풍기는 가히 범할 수 없는 기품과 세도가 넉넉히 고시(古詩) 한 절쯤 서슴지 않고 생채기를 내어놓아도 다들 어수룩한 체들 하고 속느니 하는 교만한 미신이다.

곱게 빨아서 곱게 다리미질을 해놓은 한 벌 슈미즈•에 꼬빡 속는 청절•처럼 그렇게 아담하게 나는 어떠한 질차(跌蹉)•에서도 거뜬하게 얄미운 미소와 함께 일어나야만 하는 것이니까.

오늘날 내 한 씨족이 분명치 못한 소녀에게 선불리 딴죽을 걸어

- **자진하다** 남이 시키는 것을 기다리지 아니하고 스스로 나서다.
- **자득하다** 스스로 만족하게 여겨 뽐내며 우쭐거리다.
- **절기** 매우 뛰어난 기술이나 솜씨.
- 흰 갈매기가 흰 모래사장에 내려앉으면 봄에 파란 새싹이 돋은 듯하다.
- **화족** 신분이나 지위가 높은 사람이나 나라에 공이 있는 사람의 집안이나 자손들.
- **슈미즈** 여성의 서양식 속옷의 하나.
- **청절** 맑고 깨끗한 절개.
- **질차** 넘어지고 쓰러짐.

넘어진다기로서니 이대로 내 숙망•의 호화·유려한 종생을 한 방울 하잘것없는 오점을 내는 채 투시(投匙)•해서야 어찌 초지•의 만일에 응답할 수 있는 면목이 족히 서겠는가, 하는 허울 좋은 구실이 영일• 밤보다도 오히려 한 뼘 짧은 내 전정•에 대두하기 시작하는 것이었다.

완만 착실한 서술!

나는 과히 눈에 띌 성싶지 않은 한 지점을 재재바르게• 붙들어서 거기서 공중 담배를 한 갑 사 (주머니에 넣고) 피워 물고 정희의 뻔한 걸음을 다시 뒤따랐다.

나는 그저 일상의 다반사를 간과하듯이 범연하게 휘파람을 불고 내 구두 뒤축이 아스팔트를 디디는 템포, 음향, 이런 것들의 귀찮은 조절에도 깔끔히 정신 차리면서 넉넉잡고 3분, 다시 돌친 걸음은 정희와 어깨를 나란히 걸을 수 있었다. 부질없는 세상에 제• 심각하면 침통하면 또 어쩌겠느냐는 듯싶은 서운한 눈의 위치를 동소문 밖 신개지 풍경 어디라고 정하지 않은 한 점에 두어두었으

- **숙망** 오랫동안 품어온 소망.
- **투시** 숟가락을 집어 던짐.
- **초지** 처음에 품은 뜻.
- **영일** 하루 종일. 오늘.
- **전정** 앞으로 가야 할 길.
- **재재바르게** 재빠르게.
- **제** 모두.

니, 보라는 듯한 부득부득 지근거리는 자세면서도 또 그렇지도 않을 성싶은 내 묘기 중에도 묘기를 더한층 허겁지겁 연마하기에 골똘하는 것이었다.

일모• 창산.•

날은 저물었다. 아차! 아직 저물지 않은 것으로 하는 것이 좋을까 보다.

날은 아직 저물지 않았다.

그러면 아까 장만해 둔 세간 기구를 내세워 어디 차근차근 살림살이를 한번 치뤄볼 천우의 호기•가 내 앞으로 다다랐나 보다. 자…….

태생은 어길 수 없어 비천한 '티'를 감추지 못하는 딸.

전기(前記)• 치사한 소녀 운운은 어디 까지든지 이 바보 이상(李箱)의 호의에서 나온 곡해다. 모파상의 〈지방 덩어리〉를 생각하자. 가족은 미만 14세의 딸에게 매음•시켰다. 두 번째는 미만 19세의 딸이 자진했다. 아…… 세 번째는 그 나이 스물두 살이 되던 해 봄에 얹은 낭자를 내리우고 게다 다홍 댕기를 들여 늘어뜨려 편

- **일모** 날이 저묾.
- **창산** 파랗게 보이는 아득히 먼 산.
- **천우의 호기** 하늘이 돕는 좋은 때.
- **전기** 앞에서 씀.
- **매음** 돈을 받고 몸을 팖.

발• 처자를 위조하여서는 대거하여• 강행으로 매끽하여• 버렸다.)

비천한 뉘 집 딸이 해빙기의 시냇가에 서서 입술이 낙화 지듯 좀 파래지면서 박빙 밑으로는 무엇이 저리도 움직이는가고 고개를 갸웃거리는 듯이 숙이고 있는데, 봄 방향•을 품은 훈풍이 불어와서 스커트, 아니 너무나, 슬퍼 보이는, 아니, 좀 슬퍼 보이는 홍발을 건드리면…….

좀 슬퍼 보이는 홍발을 나붓나붓 건드리면…….

여상(如上)이다. 이 개기름 도는 가소로운 무대를 앞에 두고 나는 나대로 나다웁게 가문이라는 자자레한 '투'는 어떤 일이 있더라도 잊어버리지 않고 채석장 희멀건 단층을 건너다보면서 탄식 비슷이,

"지구를 저며내는 사람들은 필시 자연 파괴자리라."라는 둥,

"개아미 집이야말로 과연 정연하구나."라는 둥,

"비가 오면, 아— 천하에 비가 오면……."

"작년에 났던 초목이 올해에도 또 돋으려누. 귀불귀•란 무엇인가?"라는 둥…….

- **편발** 예전에, 관례를 하기 전에 머리를 길게 땋아 늘이던 일. 또는 그 머리.
- **대거하다** 크게 서둘러서 일을 하다.
- **매끽하다** 팔아먹다.
- **방향** 꽃향기.
- **귀불귀** 한 번 가면 돌아오지 않음.

치레 잘하면 제법 의젓스러워도 보일 만한 가장 한산한 과제로만 골라서 점잖게 방심해 보여 놓는다.

정말일까, 거짓말일까? 정희가 불쑥 말을 한다. 한 소리가 "봄이 이렇게 왔군요." 하고 윗니는 좀 사이가 벌어져서 보기 흉한 듯하니까 살짝 가리고 곱다고 자처하는 아랫니를 보이지 않으려고 했지만 부지불식간에 그렇게 내어다 보인 것을 또 어쩝니까 하는 듯싶이 가증하게 내어보이면서 또 여간해서 어림이 서지 않는 어중간 얼굴을 그 위에 얹어 내세우는 것이었다.

'좋아, 좋아, 좋아, 그만하면 잘 되었어.'

나는 고개 대신에 단장을 끄떡끄떡 해 보이면서 창졸간•에 그만 정희 어깨 위에다 손을 얹고 말았다.

그랬더니 정희는 적이 해괴해 하노라는 듯이 잠시는 묵묵하더니…… 정희도 문벌이라든가 혹은 간편히 말해 에티켓이라든가 제법 배워서 짐작하노라고 속삭이는 것이 아닌가.

꿀꺽!

넘어가는 내 지지한• 종생. 이렇게도 실수가 허(許)해서야• 물화적• 전 생애를 탕진해 가면서 사수하여 온 산호편의 본의가 대

- **창졸간** 미처 어찌할 수 없이 매우 급작스러운 사이.
- **지지하다** 보잘것없고 시시하고 지루하다.
- **허하다** 허락되다.
- **물화적** 물질적.

체 어디 있느냐? 내내 울화가 북받쳐 혼도할• 것 같다.

홍천사 으슥한 구석방에 내 종생의 갈력•이 정희를 이끌어 들이기도 전에 나는 밤 쓸쓸히 거짓말깨나 해놓았나 보다.

나는 내가 그윽이 음모한바 천고불역•의 탕아 이상(李箱)이 자자레한 문학의 빈민굴을 교란시키고자 하던 가지가지 진기한 연장이 어느 겨를에 빼물기• 시작한 것을 여기서 깨단해야• 되나 보다. 사회는 어떻궁, 도덕이 어떻궁, 내면적 성찰, 추구, 적발, 징벌은 어떻궁, 자의식 과잉이 어떻궁…… 제 깜냥•에 번지레한 칠을 해내어 걸은 사치스러운 간판들이 미상불• 우스꽝스럽기가 그지없다.

'독화(毒花)'

족하는 이 꼭두각시 같은 어휘 한마디를 잠시 맡아가지고 계셔 보구려.

예술이라는 허망한 아궁이 근처에서, 송장 근처에서보다도 한

- **혼도하다** 정신이 어지러워 쓰러지다.
- **갈력** 낼 수 있는 모든 힘.
- **천고불역** 영원히 변하지 않음.
- **빼물다** 무디어지다.
- **깨단하다** 오랫동안 생각해 내지 못하던 일 따위를 어떠한 실마리로 말미암아 깨닫거나 분명히 알다.
- **깜냥** 스스로 헤아릴 수 있는 능력.
- **미상불** 아닌 게 아니라 과연.

결 더 썰썰 기고 있는 그들 해반주룩한• 사도(死都)•의 혈족들 땟국내 나는 틈에 가 끼어서, 나는…….

내 계집의 치마 단속곳•을 갈가리 찢어놓았고, 버선 켤레를 걸레를 만들어놓았고, 검던 머리에 곱던 양자(樣姿)•, 영악한 곰의 발자국이 질컥 디디고 지나간 것처럼 얼굴을 망가뜨려 놓았고, 지기·친척의 돈을 뭉청 떼어먹었고, '좌수터' 유래 깊은 상호를 쑥밭을 만들어놓았고, 겁쟁이 취리자•는 고랑떼•를 먹여놓았고, 대금업자의 수금인을 졸도시켰고, 사장과 취체역•과 사돈과 아범과 애비와 처남과 처제와 또 애비와 애비의 딸과 딸, 이 허다 중생•으로 하여금 서로서로 이간을 붙이고 붙이게 하고 얼비무려서 싸움질을 하게 해놓았고, 사글셋방 새 다다미•에 잉크와 요강과 팥죽을 엎질렀고, 누구누구를 임포텐스•를 만들어놓았고…….

'독화(毒花)'라는 말의 콕 찌르는 맛을 그만하면 어렴풋이나마 어떻게 짐작이 서는가 싶소이까?

- **해반주룩하다** 해반주그레하다. 겉모양이 희고 말끔하다.
- **사도** 죽음의 도시.
- **단속곳** 반바지처럼 생긴 여자 속옷의 하나.
- **양자** 겉으로 나타난 모양이나 모습.
- **취리자** 돈이나 곡식을 빌려주고 이자를 받는 것을 업으로 하는 사람.
- **고랑떼** 골탕.
- **취체역** 예전에, 주식회사의 이사를 이르던 말.
- **허다 중생** 많은 사람.
- **다다미** 방에 까는 일본식 돗자리.
- **임포텐스** impotence. 무기력, 발기부전.

잘못 빚은 증편• 같은 시 몇 줄, 소설 서너 편을 꿰차고 조촐하게 등장하는 것을, 아 무엇인 줄 알고 깜빡 속고 섣불리 손뼉을 한두 번 쳤다는 죄로 제 계집 간음당한 것보다도 더 큰 망신을 일신에 짊어지고, 그러고는 앙탈 비슷이 시치미를 떼지 않으면 안 되는, 어디까지든지 치사스러운 예의절차…… 마귀의 소행이라고(터주•가 덧났다•고) 돌려버리자?

'독화(毒花)'

물론 나는 내일 새벽에 내 길들은 노상(路上)에서 무려 내게 필적하는 한 숨은 탕아를 해후할는지도 마치 모르나, 나는 신바람이 난 무당처럼 어깨를 치켰다 젖혔다 하면서라도 풍마우세(風磨雨洗)•의 고행을 얼른 그렇게 쉽사리 그만두지는 않는다.

아— 어쩐지 전신이 몹시 가렵다. 나는 무연한• 중생의 뭇 원한 탓으로 악역의 범함을 입나 보다. 나는 은근히 속으로 앓으면서 토일렛(toilet) 정한 대야에다 양손을 정하게 씻은 다음 내 자리로 돌아와 앉아 차근차근 나 자신을 반성·회오•, 쉬운 말로 자자레한 셈을 좀 놓아보아야겠다.

• 증편 술떡.
• 터주 집터를 지키는 신.
• 덧나다 노여움이 일어나다.
• 풍마우세 바람에 갈리고 비에 씻김.
• 무연하다 아무 인연이 없다.
• 회오 잘못을 뉘우치고 깨달음.

에티켓? 문벌? 양식? 번신술*?

그렇다고 내가 찔끔 정희 어깨 위에 얹었던 손을 뚝 떼인다든지 했다가는 큰 망발이다. 일을 잡치리라. 어디까지든지 내 뺨의 홍조만을 조심하면서 '좋아, 좋아, 좋아.' 그래만 주면 된다. 그러고 나서 피차 다 알아들었다는 듯이 어깨에 손을 얹은 채 어깨를 나란히 홍천사 경내로 들어갔다. 가서 길을 별안간 잃어버린 것처럼 자분참* 산 위로 올라가 버린다. 산 위에서 이번에는 정말 포즈를 할 일 없이 무너뜨렸다는 것처럼 정교하게 머뭇머뭇해 준다. 그러나 기실 말짱하다.

풍경 소리가 똑 알맞다. 이런 경우에는 제법 번듯한 식자*가 있는 사람이면…….

아— 나는 왜 늘 항례*에서 비켜서려 드는 것일까? 잊었느냐? 비싼 월사*를 바치고 얻은 고매한 학문과 예절을.

현역 육군 중좌에게서 받은 추상열일*의 훈육을 왜 나는 이 경우에 버젓하게 내세우지를 못하느냐?

- **번신술** 마음을 바꾸는 기술.
- **자분참** 지체없이 곧.
- **식자** 지식.
- **항례** 보통의 사례.
- **월사** 다달이 내던 수업료.
- **추상열일** 가을에 내리는 찬 서리와 여름의 뜨거운 태양이라는 뜻으로, 형벌이 엄하고 권위가 있음을 비유적으로 이르는 말.

창연한 고찰• 유루(遺漏)• 없는 장치에서 나는 정신 차려야 한다. 나는 내 쟁쟁한 이력을 솔직하게 써먹어야 한다. 나는 고개를 숙이고 담배를 한 대 피워 물고 도장•에 들어가는 소, 죽기보다 싫은 서툴고 근질근질한 포즈, 체모• 독주•에 어지간히 성공해야만 한다.

그랬더니 "그만두!" 한다. "당신의 그 어림없는 몸치렐랑 그만두세요. 저는 어지간히 식상이 되었습니다." 한다.

그렇다면?

내 꾸준한 노력도 일조일석•에 수포로 돌아가는 것이 아닌가.

대체 정희라는 가련한 석녀•가 제 어떤 재간으로 그런 음흉한 내 간계를 요만큼까지 간파했다는 것이다.

일시에 기진한다•. 맥은 탁 풀리고는 앞이 팽 돌다 아찔하는 것이 이러다가 까무러치려나 보다고 극력• 단장을 의지하여 버텨보노라니까…… 희라 내 기사회생의 종생도 이번만은 회춘하기 장

- **고찰** 역사가 오래된 옛 절.
- **유루** 갖추어지지 아니하고 비거나 빠짐.
- **도장** 도살장. 고기를 얻기 위해 소나 돼지 따위의 가축을 잡아 죽이는 곳.
- **체모** 남을 대하기에 떳떳한 도리나 얼굴. 몸가짐이나 갖춤새.
- **독주** 남을 아랑곳하지 않고 혼자서 행동함.
- **일조일석** 하루의 아침과 하루의 저녁이란 뜻으로, 짧은 시일을 이르는 말.
- **석녀** 성욕이나 성적 흥분을 느끼지 못하는 여자.
- **기진하다** 기운이 다해서 힘이 없어지다.
- **극력** 극력으로. 있는 힘을 다해.
- **희라** 슬프도다.

히 어려울 듯싶다.

이상(李箱)! 당신은 세상을 경영할 줄 모르는, 말하자면 병신이오. 그다지도 '미혹'하단 말씀이오? 건너다보니 절터지요? 그렇다 하더라도 《카라마조프의 형제》나 《40년》을 좀 구경 삼아 들러보시지요.

아니지! 정희! 그게 뭐냐 하면 나도 살고 있어야 하겠으니 너도 살자는 사기, 속임수, 일부러 만들어 내어놓은 미신 중에도 가장 우수한 무서운 주문이오.

이상(李箱)! 그러지 말고 시험 삼아 한 발만, 한 발자국만 저 개흙밭에다 들여놓아 보시지요.

이 악보같이 스무드한 담소 속에서 비철비철• 하노라면 나는 내게 필적하는 천의무봉•의 탕아가 이 목첩간•에 있는 것을 느낀다. 누구나 제 내어놓았던 협수룩한 포즈를 걷어치우느라고 허겁지겁들 할 것이다. 나도 그때 내 슬하에 이렇게 유산(遺産)되는• 자손을 느끼면서 만재(萬載)•에 드리우는 이 극흉극비• 종가•의 부적을

- **비철비철** 비틀비틀. 비실비실.
- **천의무봉** 천사의 옷은 꿰맨 흔적이 없다는 뜻으로, 일부러 꾸민 데 없이 자연스럽고 아름다우면서 완전함을 이르는 말.
- **목첩간** 눈과 속눈썹 사이라는 뜻으로, 아주 가까운 때나 장소를 비유적으로 이르는 말.
- **유산되다** 물려받다.
- **만재** 오랜 세월.
- **극흉 극비** 아주 흉악하고 아주 비밀스러움.
- **종가** 종갓집. 한 가문에서 맏이로만 이어온 큰집.

앞에 놓고서 적이 불안하게 또 한편으로는 적이 안일하게, 운명하는* 마지막 낙백*의 이내 종생을 애오라지* 방불히* 하는 것이었다.

나는 내 분묘* 될 만한 조촐한 터전을 찾는 듯한 그런 서글픈 마음으로 정희를 재촉하여 그 언덕을 내려왔다. 등 뒤에 들리는 풍경 소리는 진실로 내 심통함을 돋우는 듯하다고 사자(寫字)하면* 정경을 한층 더 반듯하게 매만져 놓는 한 도움이 되리라. 그럼 진실로 풍경 소리는 내 등 뒤에서 내 마지막 심통함을 한층 더 들볶아 놓는 듯하더라.

미문에 견줄 만큼 위태위태한 것이 절승*에 혹사한* 풍경이다. 절승에 혹사한 풍경을 미문으로 번안·모사해 놓았다면 자칫 실족·익사하기 쉬운 웅덩이나 다름없는 것이니 첨위*는 아예 가까이 다가서서는 안 된다.

도스토옙스키나 고리키는 미문을 쓰는 버릇이 없는 체했고, 또 황량·아담한 경치를 취급하지 않았으되, 이 의뭉스러운 어른들은

- **운명하다** 죽다.
- **낙백** 넋을 잃음.
- **애오라지** 오로지. 오직.
- **방불하다** 무엇과 같다고 느끼게 하다.
- **분묘** 무덤.
- **사자하다** 글자로 옮기다.
- **절승** 경치가 비할 데 없이 빼어나게 좋음. 또는 그 경치.
- **혹사하다** 아주 비슷하다.
- **첨위** 여러분.

즉 미문은 쓸 듯 쓸 듯, 절승경개는 나올 듯 나올 듯해만 보이고 끝끝내 아주 활짝 꼬랑지를 내보이지는 않고 그만둔 구렁이 같은 분들이기 때문에 그 기만술은 한층 더 진보된 것이며, 그런 만큼 효과가 또 절대하여 천 년을 두고 만 년을 두고 내리내리 부질없는 위무•를 바라는 중속•들을 잘 속일 수 있는 것이다.

그러나…….

왜 나는 미끈하게 솟아 있는 근대 건축의 위용을 보면서 먼저 철근, 철골, 시멘트와 세사• 이것부터 선뜩하니 감응하느냐는 말이다. 씻어버릴 수 없는 숙명의 호곡•, 몽골리언 프리크〔蒙古痣(몽고지)〕•, 오뚝이처럼 쓰러져도 일어나고 쓰러져도 일어나고 하니 쓰러지나 섰으나 마찬가지 의지할 얄팍한• 벽 한 조각 없는 고독, 고고(枯稿)•, 독개(獨介)•, 초초(楚楚)•.

나는 오늘 대오한• 바 있어 미문을 피하고 절승의 풍광을 격하

- **위무** 위로하고 어루만져 달램.
- **중속** 여러 사람이 따르는 습관이 된 풍속.
- **세사** 가는 모래.
- **호곡** 소리를 내어 슬피 욺. 또는 그런 울음.
- **몽골리언 프리크** mongolian freak. 몽고반점.
- **얄판하다** 얄팍하다. 두께가 얇다.
- **고고** 마르고 여윔.
- **독개** 외로움.
- **초초** 아프고 괴로움.
- **대오하다** 크게 깨닫다.

여• 소조하게• 왕생하는 것이며, 숙명의 슬픈 투시벽(透視癖)은 깨끗이 벗어놓고 온아 종용(溫雅慫慂)•, 외로우나마 따뜻한 그늘 안에서 실명(失命)하는• 것이다.

의료(意料)하지• 못한 이 홀홀한• 종생. 나는 요절인가 보다. 아니 중세(中世)• 최절•인가 보다. 이길 수 없는 육박•, 눈먼 떼까마귀의 매리• 속에서 탕아• 중에도 탕아, 술객• 중에도 술객, 이 난공불락•의 관문의 괴멸, 구세주의 최후 연히• 방방곡곡이 독도(毒荼)•는 삼투하는 장식 중에도 허식의 표백•이다. 출색•의 표백이다.

내부(乃夫)•가 있는 불의(不義). 내부가 없는 불의. 불의는 즐겁

- **격하다** 사이를 두다, 거리를 두다.
- **소조하다** 고요하고 쓸쓸하다.
- **온아 종용** '온아'는 '온아하고 아담함', '종용'은 '잘 설명하고 달래어 권함'이라는 뜻.
- **실명하다** 목숨을 잃다.
- **의료하다** 생각하고 헤아리다.
- **홀홀하다** 대수롭지 않다. 갑작스럽다.
- **중세** 생애 가운데.
- **최절** 마음이나 기운이 꺾임.
- **육박** 다가섬.
- **매리** 심하게 욕하며 나무람.
- **탕아** 방탕한 사나이.
- **술객** 점쟁이. 역술가.
- **난공불락** 공격하기 어려워 좀처럼 무너지지 않음.
- **연히** 그러한 것처럼.
- **독도** 씀바귀의 독.
- **표백** 생각이나 태도 따위를 드러내어 밝힘.
- **출색** 눈에 띌 만큼 특출하게 뛰어남.
- **내부** 그대의 남편.

다. 불의의 주가 낙락(酒價落落)•한 풍미•를 족하는 아시나이까? 윗니는 좀 잇새가 벌고 아랫니만이 고운 이 한경(漢鏡)같이 결함의 미(美)를 갖춘 깜쪽스럽게 시치미를 뗄 줄 아는 얼굴을 보라. 7세까지 옥잠화 속에 감춰두었던 분(粉)•만을 바르고 그 후 분을 바른 일도 세수를 한 일도 없는 것이 유일의 자랑거리. 정희는 사팔뜨기다. 이것은 무엇으로도 대항하기 어렵다. 정희는 근시 6도다. 이것은 무엇으로도 대항할 수 없는 선천적 훈장이다. 좌난시 우색맹, 아— 이는 실로 완벽이 아니면 무엇이랴.

속은 후에 또 속았다. 또 속은 후에 또 속았다. 미만 14세에 정희를 그 가족이 강행으로 매춘시켰다. 나는 그런 줄만 알았다. 한 방울 눈물…….

그러나 가족이 강행하였을 때쯤은 정희는 이미 자진하여 매춘한 후 오래오래 후다. 다홍 댕기가 늘 정희 등에서 나부꼈다. 가족들은 불의•에 올 재앙을 막아줄 단 하나 값나가는 다홍 댕기를 기탄없이 믿었건만…….

그러나……

• 주가 낙락 술값이 떨어짐.
• 풍미 음식의 좋은 맛. 여기서는 '즐거움' 정도의 뜻.
• 한경 한나라 때의 거울.
• 분 얼굴빛을 곱게 하기 위해 얼굴에 바르는 화장품의 하나.
• 불의 미처 생각하지 않았던 때.

불의(不義)는 귀인답고 참 즐겁다. 간음한 처녀…… 이는 불의 중에도 가장 즐겁지 않을 수 없는 영원의 밀림이다.

그럼 정희는 게서 멈추나?

나는 자기소개를 한다. 나는 정희에게 분모(分毛)•를 지기 싫기 때문에 잔인한 자기소개를 하는 것이다.

나는 벼를 본 일이 없다. 자전거를 탈 줄 모른다. 생년월일을 가끔 잊어버린다. 구십 늙은 조모가 이팔소부(二八少婦)•로 어느 하늘에서 시집온 십대조(十代祖)의 고성•을 내 손으로 헐었고, 녹엽 천년의 호두나무 아름드리 근간•을 내 손으로 베었다. 은행나무는 원통한 가문을 골수에 지니고 찍혀 넘어간 뒤 장장 4년 해마다 봄만 되면 독시• 같은 싹이 엄돋는• 것이었다.

나는 그러나 이 모든 것에 견뎠다. 한번 석류나무를 휘어잡고 나는 폐허를 나섰다.

조숙•, 난숙•, 감 썩는 골머리 때리는 내. 생사의 기로에서 완이

• **분모** 정확한 뜻을 알 수 없음.
• **이팔소부** 16세의 젊은 며느리.
• **고성** 옛날에 지은 오래된 성.
• **근간** 뿌리와 줄기.
• **독시** 독화살.
• **엄돋다** 엉뚱하게 돋다.
• **조숙** 식물의 열매가 일찍 익음.
• **난숙** 열매 따위가 무르익음.

이소(莞爾而笑)•, 표한무쌍(剽悍無雙)•의 척구(瘠軀)• 음지에 창백한 꽃이 피었다.

나는 미만 14세 적에 수채화를 그렸다. 수채화와 파과(破瓜)•. 보아라, 목저•같이 야윈 팔목에서는 삼동에도 김이 무럭무럭 난다. 김 나는 팔목과 잔털 나스르르한, 매춘하면서 자라나는 회충같이 매혹적인 살결. 사팔뜨기와 내 흰자위 없는 짝짝이 눈. 옥잠화 속에서 나오는 기술(奇術)• 같은 석일(昔日)•의 화장과 화장 전폐•, 이에 대항하는 내 자전거 탈 줄 모르는 아슬아슬한 천품•. 다홍 댕기에 불의와 불의를 방임하는 속수무책의 내 나태.

심판이여! 정희에 비교하여 내게 부족함이 너무나 많지 않소이까?

비등비등? 나는 최후까지 싸워보리라.

흥천사 으슥한 구석 방 한 간, 방석 두 개, 화로 한 개. 밥상 술상…….

- **완이이소** 빙그레 미소 지음.
- **표한무쌍** 견줄 데 없이 성격이 사나움.
- **척구** 여윈 몸.
- **파과** 참외를 깨뜨림. 즉 정희가 매춘한 것을 뜻함.
- **목저** 나무젓가락.
- **기술** 이상한 요술.
- **석일** 지난날.
- **전폐** 아주 그만둠. 모두 없앰.
- **천품** 타고난 고상한 품격.

접전 수십 합(合). 좌충우돌. 정희의 허전한 관문을 나는 노사(老死)[•]의 힘으로 들이친다. 그러나 돌아오는 반발의 흉기는 갈 때보다도 몇 배나 더 큰 힘으로 나 자신의 손을 시켜 나 자신을 살상한다.

지느냐. 나는 그럼 지고 그만두느냐.

나는 내 마지막 무장[•]을 이 전장에 내세우기로 하였다. 그것은 즉 주란[•]이다.

한 몸을 건사하기조차 어려웠다. 나는 게울 것만 같았다. 나는 게웠다. 정희 스커트에다. 정희 스타킹에다.

그러고도 오히려 나는 부족했다. 나는 일어나 춤추었다. 그리고 그 방 뒤 쌍창 미닫이를 열어젖히고 나는 예서 떨어져 죽는다고 마지막 한 벌 힘만을 아껴 남기고는 나머지 있는 힘을 다하여 난간을 잡아 흔들었다. 정희는 나를 붙들고 말린다. 말리는데 안 말리는 것도 같았다. 나는 정희 스커트를 잡아 젖혔다. 무엇인가 철석 떨어졌다. 편지다. 내가 집었다. 정희는 모른 체한다.

속달(S와도 절연한 지 벌써 다섯 달이나 된다는 것은 선생님께서도 믿어주시는 바지요? 하던 S에게서다).

- **노사** 늙어서 죽음. 여기서 '노사의 힘으로'는 '죽을힘을 다해' 정도의 뜻.
- **무장** 전투 장비.
- **주란** 술주정.

정희! 노하였소? 어젯밤 태서관 별장의 일! 그것은 결코 내 본의는 아니었소. 나는 그 요구를 하려 정희를 그곳까지 데리고 갔던 것은 아니오. 내 불민*을 용서하여 주기 바라오. 그러나 정희가 뜻밖에도 그렇게까지 다소곳한 태도를 보여주었다는 것으로 적이 자위를 삼겠소.

정희를 하루라도 바삐 나 혼자만의 것으로 만들어달라는 정희의 열렬한 말을 물론 나는 잊어버리지는 않겠소. 그러나 지금 형편으로는 아내라는 저 추물을 처치하기가 정희가 생각하는 바와 같이 그렇게 쉬운 일은 아니오.

오늘(3월 3일) 오후 여덟 시 정각에 금화장 주택지 그때 그 자리에서 기다리고 있겠소. 어제 일을 사과도 하고 싶고, 달이 밝을 듯하니 송림을 거닙시다. 거닐면서 우리 두 사람만의 생활에 대한 설계도 의논하여 봅시다.

3월 3일 아침 S

내게 속달을 띄우고 나서 곧 뒤이어 받은 속달이다.

모든 것은 끝났다. 어젯밤에 정희는…….

그 낯으로 오늘 정희는 내게 '이상 선생님께' 드리는 속달을 띄우고 그 낯으로 또 나를 만났다. 공포에 가까운 번신술이다. 이 황

* 불민 어리석음.

홀한 전율을 즐기기 위하여 정희는 무고•의 이상(李箱)을 징발했다. 나는 속고 또 속고 또 또 속고 또 또 또 속았다.

나는 물론 그 자리에 혼도하여 버렸다. 나는 죽었다. 나는 황천을 헤매었다. 명부•에는 달이 밝다. 나는 또다시 눈을 감았다. 태허•에 소리 있어 가로되, '너는 몇 살이뇨?' '만 25세와 11개월이올시다.' '요사•로구나.' '아니올시다. 노사(老死)올시다.'

눈을 다시 떴을 때에 거기 정희는 없다. 물론 여덟 시가 지난 뒤였다. 정희는 그리 갔다. 이리하여 나의 종생은 끝났으되 나의 종생기는 끝나지 않는다. 왜?

정희는 지금도 어느 빌딩 걸상 위에서 드로즈의 끈을 풀르는 중이요, 지금도 어느 태서관 별장 방석을 베고 드로즈의 끈을 풀르는 중이요, 지금도 어느 송림 속 잔디 벗어놓은 외투 위에서 드로즈의 끈을 성히• 풀르는 중이니까다.

이것은 물론 내가 가만히 있을 수 없는 재앙이다.

나는 이를 간다.

나는 걸핏하면 까무러친다.

나는 부글부글 끓는다.

- 무고 아무 잘못이나 허물이 없음.
- 명부 사람이 죽은 뒤에 간다는 영혼의 세계.
- 태허 하늘.
- 요사 젊은 나이에 죽음.
- 성히 기꺼이, 흔쾌히.

그러나 지금 나는 이 철천•의 원한에서 슬그머니 좀 비켜서고 싶다. 내 마음의 따뜻한 평화 따위가 다 그리워졌다.

즉 나는 시체다. 시체는 생존하여 계신 만물의 영장을 향하여 질투할 자격도 능력도 없는 것이라는 것을 나는 깨닫는다.

정희, 간혹 정희의 후틋한• 호흡이 내 묘비에 와 슬쩍 부딪는 수가 있다. 그런 때 내 시체는 홍당무처럼 확끈 달으면서 구천을 꿰뚫어 슬피 호곡한다.

그동안에 정희는 여러 번 제(내 때꼽재기도 묻은) 이부자리를 찬란한 일광(日光) 아래 널어 말렸을 것이다. 누누(累累)한• 이내 혼수(昏睡)• 덕으로 부디 이내 시체에서도 생전의 슬픈 기록이 창공 높이 훨훨 날아가나 버렸으면…….

나는 지금 이런 불쌍한 생각도 한다. 그럼…….

만 26세와 3개월을 맞이하는 이상 선생님이여! 허수아비여!

자네는 노옹일세. 무릎이 귀를 넘는 해골일세. 아니, 아니.

자네는 자네의 먼 조상일세. 이상(以上)

11월 20일 동경서

- **철천** 하늘에 사무친다는 뜻으로, 두고두고 잊을 수 없도록 뼈에 사무침을 이르는 말.
- **후틋하다** 약간 더운 듯한 느낌이 있다.
- **누누한** 여러 번 반복한.
- **혼수** 정신없이 잠이 듦.

작품 이해하기

25세 11개월을 맞은 '홍안 미소년'인 '나'는 종생을 계획한다. 열세 벌의 유서가 거의 완성되어 가는 어느 날, 19세 2개월을 맞이하는 정희에게서 속달이 온다. 그간 만나던 R과 깨끗이 헤어졌고, S와도 절연한 지 다섯 달이 되었으며, 영원히 '선생님' 한 분만을 사랑하니 어서 3월 3일 오후 2시 동소문 버스정류장에서 만나자는 것이다. '나'는 그것이 거짓임을 알면서도 깜빡 속기로 한다. 봉두난발을 상고머리로 만들고 모자에 지팡이까지 맵시 있게 차려입고 점잖게 한 30분쯤 늦게 그곳에 도착해 정희를 만난다.

'나'와 정희는 흥천사로 동행하고 '나'는 흥천사 으슥한 구석방에서 정희의 몸을 탐하기 위해 갖은 수를 쓰지만 실패한다. '나'는 열네 살에 수채화를 그리고 있었지만 정희는 열네 살에 매춘의 길에 들어섰으니, '나'와 정희는 상대가 되지 않고 정희에 비해 '나'는 부족함이 너무 많기 때문이다. 결국 '나'는 최후의 수단으로 술주정을 하며 정희의 스커트에 토하기까지 한다.

그러던 중에 정희의 스커트에서 편지가 한 통 떨어지는데, 그건 절연한 지 다섯 달 되었다던 S에게서 온 편지다. 어젯밤 태서관 별장에서 S를 만났으며, 오늘(3월 3일) 오후 여덟 시 정각에 금화장에서 만나자는 내용이었다.

'나'에게 속달을 띄우고 나서 곧이어 받은 속달이다. 황홀한 전율을 즐기기 위해 정희는 이상을 농락한 것이다. '나'는 정희의 공포에 가까운 변신술에 충격을 받고 졸도한다. 눈을 다시 떴을 때 정희는 거기 없었고, 시간은 이미 여덟 시가 지난 뒤였다. S에게로 간 것이다. 이리하여 '나'는 종생하고 만다.

〈종생기〉는 1937년 5월 《조광》에 발표되었다. 이상이 죽기 직전에 원고를 보낸 것이기 때문에 유고작이라 할 수 없지만, 1937년 4월 17일 죽은 이상의 부고가 〈종생기〉의 발표와 비슷한 시기에 이루어졌기 때문에 이 작품에서 이상이 자신의 죽음을 절묘하게 암시하고 있음을 확인할 수 있다.

〈종생기〉의 맨 마지막에 붙은 '11월 20일'은 1936년 11월 20일을 말한다. 이상이 남긴 맨 마지막 작품은 〈실화〉로 추정된다. 〈실화〉의 본문 일부에 '12월 23일'이란 표현이 등장하기 때문이다. 그렇다고 하더라도 '종생기'라는 제목을 염두에 두면 이 작품은 작가 이상이 자신의 생전에 유언장 형식으로 남긴 마지막 작품이라 보아도 좋다.

그렇다면 이상은 왜 '정희와의 연애'를 다룬 이 소설을 자신의 유언장으로 삼았을까? 그 답을 얻기 위해서는 이상에게 '연애'는 단순한 남녀 간의 애정 문제가 아니라 이상이 세상을 인식하는 하나의 방법론이었음을 고려해야 한다. 즉 이상에게 '연애'는 알 수 없는 세상을 파악하는 방식인 것이다. 이렇게 보면 정희와의 연애를 중심 서사로 다룬 〈종생기〉가 왜 이상 자신의 문학적 유언이라 말했는지도 이해할 수 있다. 주인공에게 정희와의 연애는 단순한 연애가 아니라 세상을 파악하기 위한 험난한 노력인 것이다.

그런 의미에서 '이리하여 나의 종생은 끝났으되 나의 종생기는 끝나지 않는다. 왜?'라는 문장을 다음과 같이 파악할 수 있다.

여인이 이상이 알아내고자 했던 삶과 세계 그 자체를 상징하는 것이라 할 때, 이 문장은 '나', 즉 개인 이상은 '종생(죽음)'을 맞이하지만, '종생기(이상의 문학)'는 끝나지 않고 남아 '정희의 후툿한 호흡(현실 세계)'과 마주할 때 거듭거듭 생명력을 얻을 것이라는 의미로 풀이할 수 있다. 이상은 연애 이야기를 담은 소설 〈종생기〉를 통해 자신의 문학이 현실과 맞서며 끝끝내 생명력을 잃지 않고 이어질 것이라는 점을 유언으로 남기고 간 것이다.

작품 깊이읽기

제목에 담긴 뜻

제목을 말뜻 그대로 풀면 '생을 끝마치는 기록'이다. 일생을 끝마치는 과정을 기록한 것이니 일종의 유언장이라 할 수도 있다. 그런데 작품을 읽어보면 '종생'은 '하루의 끝마침'을 뜻하기도 한다. '일생의 하루, 하루의 일생은 대체 이렇게 해서 끝나고 끝나고 하는 것이었다.'라는 문장에서 볼 수 있듯이 '나'에게 하루와 평생은 별다르지 않다. 매일매일이 새로운 삶을 시작하고 끝마치는 과정의 연속인 것이다.

> 묘지명이라. 일세의 귀재 이상(李箱)은 그 통생의 대작 〈종생기〉 한 편을 남기고 서력 기원후 1937년 정축 3월 3일 미시 여기 백일(白日) 아래서 그 파란만장(?)의 생애를 끝막고 문득 졸하다.

이상이 작품 속에서 이렇게 서술했듯이, 〈종생기〉는 이상 스스로 자신의 묘지명으로 여긴 작품이다. 이상은 〈종생기〉가 '천하 눈 있는 선비들의 간담을 서늘하게 해놓기를 애틋이 바라는 일념'으로 써 내려가며 이 작품 안에 자신의 예술적 방법론을 담아두었다.

작품 속에 담긴 아포리즘

이상은 소설에서 아포리즘을 즐겨 활용했다. 〈날개〉의 첫머리에 나오는 '박제가 된 천재를 아시오'로 시작하는 문장이 대표적이다. 원래 그리스어로 '정의'를 뜻하는 단어에서 유래한 '아포리즘(aphorism)'은 명언, 격언, 잠언, 금언, 속담 등 삶의 교훈을 간결하게 표현한 말을 가리킨다.

〈날개〉와 〈종생기〉는 이런 아포리즘을 적극적으로 활용한 작품인데, 특히 〈종생기〉는 '아포리즘 - 본문 - 아포리즘 - 본문'의 구성을 취하고 있다. 따라서 〈종생기〉를 읽을 때는 아포리즘과 본문의 상관관계를 눈여겨보아야 한다. 이상은 소설에서 아포리즘을 활용해 자신이 쓰고 있는 소설의 서술 방법론을 암시하거나 소설의 주제의식을 은밀히 드러내곤 했다. 〈종생기〉의 아포리즘 역시 '나'와 정희의 연애 다툼이 결국은 이상 자신의 예술적 방법론을 다루고 있음을 암시하고 있다.

두 자 이상의 오자를 범한 까닭

〈종생기〉의 첫 문장은 당나라 현종 때의 시인 최국보의 시 〈소년행〉에서 따온 구절이다. 최국보는 이백, 맹호연과도 친분이 두터웠으며 오언절구를 잘 지었다고 한다. 〈소년행〉은 20자에 불과한 짧은 시인데, 산호 채찍을 잃고 버들가지를 꺾어 드니 춘정에 끌리게 된다는 이야기다.

遺卻珊瑚鞭 산호 채찍 어딘가 잃어버렸더니
白馬驕不行 흰 말은 뻗대고 나가질 않네
章臺折楊柳 장대의 버들가지 꺾어드니
春日路傍情 봄날 길가의 춘정이로다

여기서 '산호 채찍'은 귀족의 위엄과 긍지, '버들가지'는 기녀와의 향락을 의미한다. 그러므로 이 시는 귀족의 위엄과 긍지를 버리고 기녀와의 향락에 빠져드는 풍류를 노래한 것이다. 이상은 여기에서 첫 구절 '유각산호편(遺卻珊瑚鞭)'에서 '각(卻)'의 위치를 바꾸고, '극(郤)'으로 잘못 썼으며, '편(鞭)'을 생략하고 있다.

'각(卻)'의 오자를 뒤로 도치시킨 것은 〈종생기〉가 최국보의 〈소년행〉에서 표현되는 서사 구조를 뒤집고 있기 때문이다. 〈소년행〉이 산호 채찍을 버리고 버들가지를 취한다면, 〈종생기〉는 버들가지를 버리고 산호 채찍을 지키려 한다. 이것은 '나'가 정희의 유혹을 뿌리침으로써(실제로는 정희를 유혹하지 못함으로써) '종생'을 완성하는 것으로 형상화된다. '편(鞭)'을 생략한 것은 이상이 끝끝내 붙잡으려 한 산호 채찍이 바로 '종생기'임을 뜻한다.

속고 또 속고 또 속고……

주인공은 정희에게 끊임없이 속고 또 속는다. 그 속임의 의미는 무엇일까? 속임수의 의미는 《굳빠이, 이상》이란 장편소설을 내놓은 소설가 김연수가 잘 설명해 준다. 그에 따르면, 이상은(또는 이상의 소설 속 주인공은) 여자를 기본적으로 '속는다'는 기분으로 대한다. 그 마음을 알 수 없는 상대인 여인은 이 세계의 모호성과 불가해성을 상징한다는 것이다. 늘 속아서 백전백패에 이르는 과정이 이상의 소설이고, 속는 사람의 불안이 이상의 소설을 지배하는 정서인데, 이는 현대인들의 근본적인 불안과 맞닿아 있다.

김연수 작가는 "신경증 환자만이 현대문학을 할 수 있다."라며, 이상은 불안에 지배당하는 현대인의 마음, 신경증의 세계를 이상 자신의 연애사에 투영해서 그려낸 것으로 평가하고 있다. 이에 따르면 '속는다'는 것은 그 '알 수 없음'에 자신을 내맡긴다는 것이고, '알 수 없음'을 알면서도 기어이 알아내고자 안간힘을 쓰는 것이 바로 이상의 소설이다.

독화, 독을 품은 꽃

이상은 여인을 '꽃'에 즐겨 비유했다. 〈종생기〉 이후에 쓴 그의 마지막 소설 〈실화〉의 제목도 '여인을 잃음'을 '실화(失花)'로 표현하고 있다. 여기서의 '독화'는 일단 '나'의 상대인 정희를 의미할 것이다. 그렇지만 독화는 단순히 정희를 의미하는 것에서 그치지 않는다. 이 표현의 뒤에 이어지는 말들을 보면 '예술이라는 허망한 아궁이 근처'에서 이상이 생전 한 일들이 낱낱이

나열되고 있다. '계집의 치마 단속곳을 갈가리 찢어놓았던 것'이며, '친척의 돈을 떼어먹은 것'이며, '서로서로 이간질을 붙이고 싸움을 붙인 것' 등. 한마디로 온갖 악행과 패륜을 일삼은 일들을 나열하고 있다.

즉 독화는 예술을 하기 위해 그간 일삼은 자신의 행적, 곧 '풍마우세의 고행'인 것이다. 이런 관점에서 볼 때 독화는 프랑스의 시인 보들레르가 말한 '악의 꽃' 이미지와 연결 지을 수 있다. 보들레르의 '악의 꽃'은 죽음의 충동과 연관되어 있는데, 이때의 '죽음'은 새로운 예술을 창조하는 원동력에 해당한다.

연애가 뭐길래?

이상의 거의 모든 소설은 여인과의 '연애'가 중심 서사를 이룬다. 이상 소설에서 연애는 어떤 의미를 지니는 것일까? 왜 이상은 '연애'라는 소재에 그리 집착했을까?

이상의 소설에서 여성은 항상 '해석'되어야 할 '기호'로 등장한다. 이상의 소설 속 주인공에게 여성은 알 수 없는 존재이며, 그 여인의 말은 언제나 주인공이 해독해 내야 할 암호에 가깝다. 〈종생기〉의 정희 또한 그러한데, 그녀는 언제나 '공포에 가까운 번신술'로 내게 거짓말을 하기 때문이다. '나'는 여인의 거짓말 뒤에 감추어진 진실을 알아내기 위해 필사적으로 애쓰지만 늘 실패하고 만다.

말하자면 이상에게 '여인'은 사유의 대상이자 낯선 타자이며 삶이고 세계 그 자체이다. 이상이 소설을 쓰던 1930년대 조선의 문학은 사회주의에 바탕을 둔 리얼리즘 문학의 주된 관심사, 즉 현실을 어떻게 할 것인가의 문제에서 서서히 벗어나고 있었다. 선명하고 자명한 것이라 생각했던 현실이 그렇지 않다는 것을 알게 되었기 때문이다. 이제 문학은 '도대체 현실은 무엇인가?'라는 물음을 던지기 시작했다.

이 알 수 없는 세계를 어떻게 받아들일 것인가 하는 물음에 이상은 '사랑', 즉 '연애'야말로 세계를 인식할 수 있는 방법론이라 답한 것이다. 사랑은 낯선 두 존재의 마주침으로 시작되어 타인의 내면을 필사적으로 이해하기 위해 노력하는 과정으로 전개된다. 이상의 소설 속에 등장하는 여인들은 바로, 연애의 전 과정이 세계에 대한 인식의 과정으로 바뀌도록 하는 존재인 셈이다.

이상을 읽다

1판 1쇄 발행일 2021년 4월 19일

지은이 전국국어교사모임

발행인 김학원
발행처 (주)휴머니스트출판그룹
출판등록 제313-2007-000007호(2007년 1월 5일)
주소 (03991) 서울시 마포구 동교로23길 76(연남동)
전화 02-335-4422 **팩스** 02-334-3427
저자·독자 서비스 humanist@humanistbooks.com
홈페이지 www.humanistbooks.com
유튜브 youtube.com/user/humanistma **포스트** post.naver.com/hmcv
페이스북 facebook.com/hmcv2001 **인스타그램** @humanist_insta

편집책임 문성환 **편집** 김사라 **디자인** 이수빈
용지 화인페이퍼 **인쇄** 삼조인쇄 **제본** 정민문화사

ⓒ 전국국어교사모임, 2021

ISBN 979-11-6080-632-8 43810

• 이 책은 저작권법에 따라 보호받는 저작물이므로 무단 전재와 무단 복제를 금합니다.
• 이 책의 전부 또는 일부를 이용하려면 반드시 저자와 (주)휴머니스트출판그룹의 동의를 받아야 합니다.